Corrado Conforti · Linda Cusimano

Linea diretta 1

Corso di italiano per principianti

Libro degli esercizi

Guerra Edizioni

ELENCO DELLE FONTI

Prima di copertina: © (Philip Habib) tony stone, Monaco
Pagina 12: © Regenfus, Monaco
Pagina 81: © rechts: L. Glasel, Monaco
Pagina 100: © Ferrovie dello Stato, Roma
Pagina 124: © C. Conforti, Eichstätt
Pagina 178: Text: © pandis media gmbh
Pagina 200: © G. Kirchmayer, Monaco
© L. Cusimano, Monaco (pag. 12 in alto; 43; 81 a sinistra; 136, 172; 173)
© I.G.D.A., Milano (pag. 82; 113; 194)
© Süddeutscher Verlag Bilderdienst, Monaco (pag. 146; 149)
L'Editore è a disposizione degli aventi diritto con i quali non
è stato possibile comunicare nonché per eventuali involontarie
omissioni o inesattezze nella citazione delle fonti.

5.

2004   2003

1. Edizione
© 1994 Max Hueber Verlag, D-85737 Ismaning
Copertina: Zembsch' Werkstatt, Monaco
Disegni: Monika Kasel, Düsseldorf
Layout: Caroline Sieveking, Monaco
Fotocomposizione e Litografie: ROYAL MEDIA Publishing, Ottobrunn

© 1997 Guerra Edizioni - Perugia
Stampa: Guerra guru s.r.l. - Perugia
Printed in Italy
ISBN 88-7715-400-4

Indice

Prefazione

Il libro degli esercizi che accompagna **Linea diretta 1** vuole essere un mezzo a disposizione dello studente per approfondire ed esercitare quanto appreso in classe.

Mentre nel manuale sono contenuti per lo più esercizi interattivi, attività volte allo sviluppo delle abilità di ascolto e di lettura e proposte di produzione libera orale e scritta, in questo libro trovano più spazio una tipologia di esercizi scritti, pensati per il lavoro individuale dello studente ed una serie di attività ludiche volte al reimpiego del lessico appreso durante lo svolgimento delle lezioni.

Inoltre vengono qui proposti dei testi su vari aspetti di civiltà che si ricollegano ai temi trattati nel manuale. Le letture sono accompagnate da esercizi per la verifica della comprensione del testo.

Attraverso degli esercizi di ascolto fonologico inoltre lo studente viene invitato a riflettere sull'intonazione della frase.

Tutti gli esercizi si riferiscono ad attività proposte nel corso delle lezioni contenute nel manuale ed andranno quindi svolti dopo l'attività a cui rimanda il simbolo ⟨↻ 21⟩.

Dopo aver svolto gli esercizi, lo studente potrà autocorreggersi confrontando quanto ha scritto con le soluzioni stampate in appendice.

Nell'appendice si trova anche il glossario per lezione. I vocaboli qui elencati non compaiono nel libro di testo. Nello spazio a destra gli studenti potranno scrivere la traduzione nella loro lingua madre dell'espressione italiana.

Ciao, come stai?

⇨ 3   **1. Mario Riccardi incontra Angela
       Mancini. Mettete in ordine le frasi
       in modo da formare un dialogo.**

Ciao, Mario.   Bene, grazie, e tu?

         Bene anch'io, grazie.

Come stai?   Ciao, Angela.

2. Trasformate il dialogo usando il *Lei*.

_____

_____

_____

_____

_____

⇨ 5   **3. Completate i testi.**

Gianna, posso presentar____ ____

_____ amic__ Vincenzo?

Vincenzo, quest__ è Gianna.

Dottor Rossi, posso presentar____

____ signora Bianchi?

Signora Bianchi, ____ dottor Rossi.

⇨ 10

4. Completate il cruciverba.
Qual è la parola nascosta nelle caselle grigie?

1. Pedro è di Madrid, è...
2. Alfonso è di Lisbona, è...
3. Melina è di Atene, è...
4. Marcello è di Roma, è...
5. Franz è di Basilea, è...
6. Pierre è di Parigi, è...
7. Karin è di Berlino, è...
8. Brian è di Londra, è...
9. Ahmet è di Istanbul, è...
10. John è di New York, è...
11. Paul è di Vienna, è...

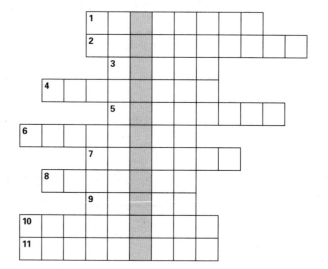

⇨ 11

5. Il suono della «c» e della «g» in italiano dipende dalle lettere che seguono:

c = [ʧ]	davanti alle vocali «e» ed «i», per esempio: piacere, ciao
c = [k]	davanti ad «a», «o», «u» o «h», per esempio: Carlo, Marco, scusi, Michele, Chiara
g = [ʤ]	davanti alle vocali «e» ed «i», per esempio: gelato, buongiorno
g = [g]	davanti ad «a», «o», «u» o «h», per esempio: Garda, Gorizia, Guido, Margherita
Inoltre:	
gn = [ɲ]	per es.: si**gn**ora
gli = [λ]	per es.: Pu**gli**a

Ecco alcuni nomi di città italiane. Segnate con una crocetta la pronuncia delle lettere evidenziate, come indicato per il numero 1.

	k	tʃ	g	dʒ	ʎ	ŋ
1. Bolo**gn**a						x
2. Bordi**gh**era						
3. Ca**gl**iari						
4. Camo**gli**						
5. **C**ivave**cch**ia						
6. **C**uneo						
7. Fo**gg**ia						
8. **G**enova						
9. Le**cc**e						
10. Livi**gn**o						
11. Ma**c**erata						
12. Mar**gh**era						
13. Pia**c**enza						
14. Ra**g**usa						
15. Re**gg**io Emilia						
16. Rovi**g**o						
17. Ventimi**gli**a						
18. Vi**c**enza						

Milano Bolzano Trento
Aosta
Torino Venezia Trieste
Genova Bologna
Firenze Ancona Perugia
L'Aquila
Campobasso
Roma Potenza
Bari
Napoli
Cagliari
Palermo Catanzaro

7. Abbinate le città alle nazioni.
Esempio: Roma - Italia

Parigi	Grecia	Berlino
Portogallo	Dublino	Vienna
Berna	Inghilterra	Cina
Lisbona Egitto	Francia	Austria
Svizzera	Atene	Varsavia
Londra	Pechino	Irlanda
Il Cairo		Germania
Tokio	Polonia	Giappone

6. Completate il dialogo con le domande.

▪ _____

● Luise Heller.

▪ _____

● Sì, sono austriaca.

▪ _____

● Sono di Kufstein.

▪ _____

● In Tirolo, vicino a Innsbruck.

⇨ 12

8. Ascoltate attentamente il dialogo 12 e segnate la sillaba della parola su cui cade l'accento di frase, come nell'esempio sottostante.

▨ Ma Lei parla benissimo l'italiano. / Complimenti.

▲ Grazie. / Perché mio marito è italiano.

▨ Ah, è per questo! / E Lei è qui in vacanza?

▲ No, magari! / Sono qui per lavoro.

▨ E che lavoro fa?

▲ Sono architetto.

⇨ 13

9. Cosa risponde alla giornalista Marcus Maier, di Berlino, insegnante a Firenze?

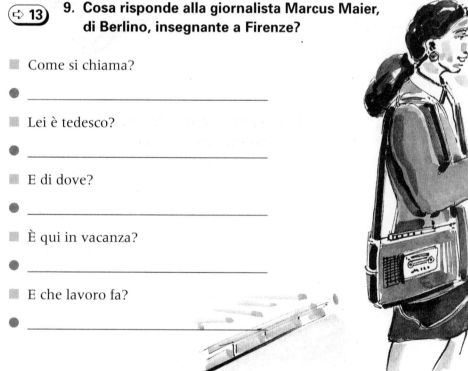

▨ Come si chiama?

● _____

▨ Lei è tedesco?

● _____

▨ E di dove?

● _____

▨ È qui in vacanza?

● _____

▨ E che lavoro fa?

● _____

⇨ 16

10. Scrivete i numeri in lettere. Nelle caselle evidenziate leggerete il nome di quattro città italiane.

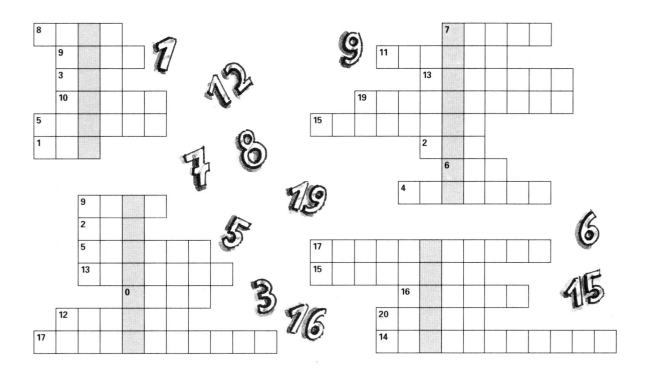

⇨ 19

11. Qual è l'intruso?

a. amico – architetto – commessa – impiegata   _____

b. festa – banca – farmacia – hotel   _____

c. Firenze – Germania – Roma – Zurigo   _____

d. buongiorno – buonasera – ciao – magari   _____

e. Cinzano – coca cola – grappa – vino   _____

f. ciao – piacere – molto lieto – salute   _____

12. Completate il dialogo.

▨ Come _____ _____?

● Io _____ _____ Stefano.

▨ E tu _____ di Roma?

● No, _____ di Napoli, ma _____ a Roma da 5 anni.

▨ E cosa _____ qui?

● _____ in una farmacia.

▨ Senti, _____ bere qualcosa?

● Un vino rosso, grazie.

13. Completate con l'articolo indeterminativo.

_____ vino rosso?

_____ grappa?

(un)

_____ Martini?

(uno)

_____ prosecco?

Vuoi bere …

_____ spumante?

(una)

_____ aranciata?

_____ birra?

(un')

_____ aperitivo?

_____ acqua minerale?

⇨ 23

14. Completate i testi.

Si chiam___ Maria Rossi, è italian_____ , di Roma, ma abit___ a Firenze da tre anni. Parl___ _____ inglese e _____ francese e lavor___ in una libreria.

Si _____ Wolfgang Schmidt, ___ tedesc___ , _____ Stoccarda, ma abit___ ___ Berlino da 5 anni. Conosc___ _____ italiano e _____ spagnolo e lavor___ in _____ scuola di lingue.

_____ _____ Anna Hügli, ___ svizzer___ , di Basilea, ma abit___ ___ Zurigo. Anna parl___ _____ italiano e _____ francese e capisc___ anche _____ spagnolo.

15. Completate con l'articolo indeterminativo.

a. Franco parla benissimo ____ tedesco.

b. Non ho capito bene ____ Suo nome.

c. ____ marito di Franca è tedesco.

d. Questa è ____ mia amica Hildegard.

e. Posso presentarLe ____ signor Bianchi?

f. Francesca cerca una ragazza alla pari per ____ suo bambino.

16. Completate con *sono, sei, è, siamo*.

a. Michele ___ italiano e Hildegard ___ tedesca.

b. Noi _____ amici di Michele.

c. Io _____ di Roma e tu di dove ____?

d. Montepulciano dov' ___? ___ in Toscana.

e. Anche Lei, Signora, ___ qui in vacanza?

f. Fritz ed io _____ svizzeri.

17. Mettete in ordine le forme verbali.

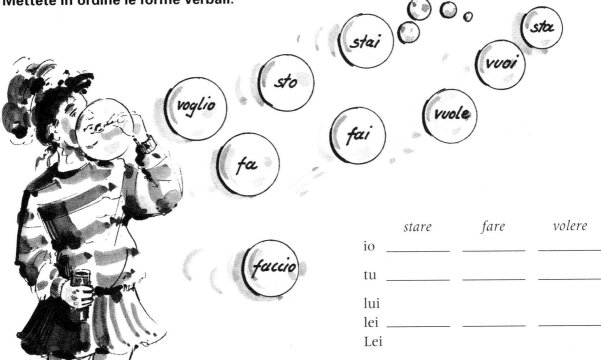

	stare	*fare*	*volere*
io	_____	_____	_____
tu	_____	_____	_____
lui lei Lei	_____	_____	_____

18. Coniugate al presente i verbi fra parentesi.

a. Ciao Mario, come _____ ? (stare)

b. Che lavoro _____ Piero? (fare)

c. Hildegard, _____ bere qualcosa? (volere)

d. Come _____ , signor Rossetti? (stare)

e. Come _____ la signora Bianchi? (stare)

f. Tu che cosa _____ qui a Venezia? (fare)

g. Signora, _____ un prosecco? (volere)

h. Io _____ studiare l'italiano. (volere)

19. Inserite nelle frasi le seguenti preposizioni.

per		da
di	in	a

a. Mario è _____ Roma, ma abita _____ Maglie vicino _____ Lecce.

b. Lei è qui _____ vacanza o _____ lavoro?

c. Il signor Franchi lavora _____ una banca.

d. Fabio abita _____ Venezia _____ cinque anni.

e. Freising è _____ Baviera vicino _____ Monaco.

20. Completate lo schema.

	io	tu	lui/lei/Lei
CHIAMARSI	_____	_____	si chiama
PARLARE	_____	parli	_____
STUDIARE	studio	_____	_____
CERCARE	_____	cerchi	_____
VIVERE	_____	_____	vive
CONOSCERE	conosco	_____	_____
SENTIRE	_____	_____	sente
PREFERIRE	_____	preferisci	_____
CAPIRE	capisco	_____	_____

21. Ecco come si presentano l'insegnante e gli studenti di un corso d'italiano. Completate i testi con i seguenti verbi.

abitare – capire – cercare – chiamarsi – conoscere – essere – lavorare – parlare – studiare – volere

a. _____ Maurizio Bossi, _____ di Bergamo ma _____ a Firenze e _____ in questa scuola da 5 anni. _____ il francese e _____ anche lo spagnolo e il tedesco.

b. _____ Georg Müller, _____ tedesco, di Lubecca, ma _____ a Braunschweig. _____ in una banca e _____ studiare l'italiano per il mio lavoro.

c. _____ Joan, _____ inglese e _____ a Cambridge. _____ poco l'italiano ma _____ lo spagnolo e il francese. A Cambridge _____ matematica.

d. _____ Michael Soller, _____ svizzero e _____ architettura. _____ qui a Firenze da un anno, _____ con amici tedeschi, ma ora _____ una camera in famiglia perché _____ parlare in italiano.

e. _____ Susanne Heider, _____ di Salisburgo e _____ in un hotel. _____ il francese e il portoghese e ora _____ studiare anche l'italiano.

15

Che cosa prendi?

⇨ 4

1. Ricostruite il dialogo.

Ci sediamo dentro o fuori?

Buona idea. Ho sete anch'io e poi sono anche stanco.

Senti, io ho sete. Andiamo in quel bar?

Beh, ma dentro, no? Fuori fa un po' freddo, dai!

⇨ 6

2. Completate il dialogo con le seguenti parole.

dica – mah ... – senta – va bene – vorrei

△ Buongiorno, mi _____!

○ Buongiorno. _____ , io _____ una coca cola.

△ Una coca cola, _____. Piccola o grande?

○ _____ , grande.

△ Benissimo.

3. Nelle ordinazioni di questi turisti mancano gli articoli indeterminativi e le desinenze. Inseriteli.

a. – ____ birra grand___, per favore!

b. – ____ tè fredd___!

c. – ____ coca cola piccol___, per piacere!

d. – ____ cappuccino, ma cald___ per favore!

e. – Io vorrei ____ caffè tedesc___!

f. – E io ____ bicchiere di vino bianc___!

g. – E io vorrei ____ coca cola grand___!

4. Fate delle frasi secondo il modello.

> Preferisce l'acqua minerale gasata o naturale?

acqua minerale	gasata alcolico	bianco naturale
latte vino	rosso	freddo
aranciata aperitivo	caldo dolce	analcolico amara

5. Cruciverba

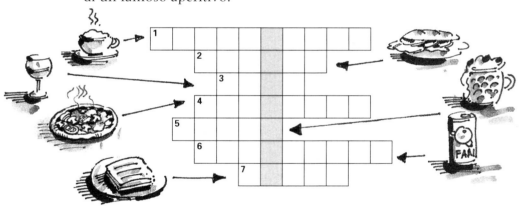

⇨ 8

Nelle caselle evidenziate si leggerà il nome
di un famoso aperitivo.

6. In quali parole del listino a pagina 28 (libro di testo) sono contenuti i seguenti suoni?

[ʧ]   _____

[ʤ]   _____

[k]   _____

[g]   _____

[ʃ]   _____

7. Completate con l'articolo determinativo e volgete al plurale.

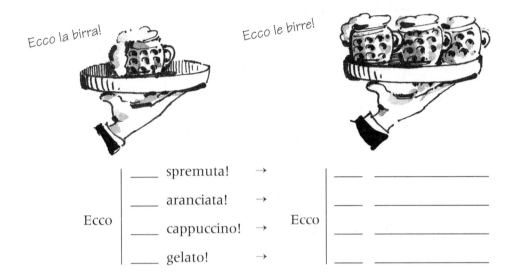

Ecco la birra!   Ecco le birre!

Ecco
____ spremuta! →
____ aranciata! →
____ cappuccino! →
____ gelato! →

Ecco
____ _____
____ _____
____ _____
____ _____

⇨ 13

8. Completate con l'articolo indeterminativo e volgete al plurale secondo l'esempio.

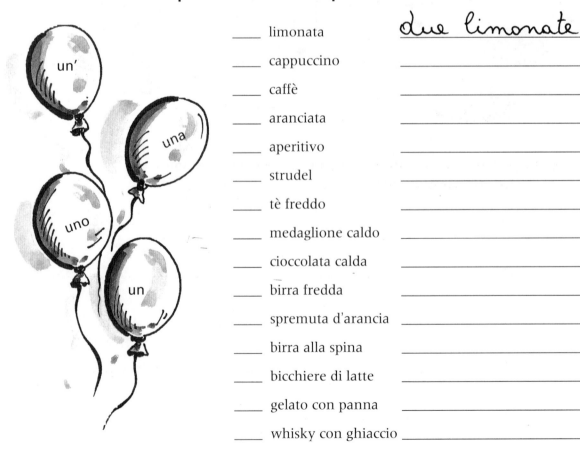

un' una uno un

____ limonata   *due limonate*

____ cappuccino _____

____ caffè _____

____ aranciata _____

____ aperitivo _____

____ strudel _____

____ tè freddo _____

____ medaglione caldo _____

____ cioccolata calda _____

____ birra fredda _____

____ spremuta d'arancia _____

____ birra alla spina _____

____ bicchiere di latte _____

____ gelato con panna _____

____ whisky con ghiaccio _____

⇨ 14

9. Inserite i verbi opportuni.

1° cliente: _____!

Cameriere: Sì, prego.

1° cliente: _____ una spremuta di pompelmo.

Cameriere: Benissimo. E per Lei?

2° cliente: Io _____ un cappuccino, ma caldo, mi _____.

1° cliente: Da mangiare che cosa _____?

Cameriere: _____ tramezzini e pizzette.

1° cliente: _____ tramezzini con prosciutto e funghi?

Cameriere: Sì.

1° cliente: Allora _____ un tramezzino con prosciutto e funghi.

2° cliente: Ah, _____, _____ portare anche un portacenere?

Cameriere: Certo!

⇨ 15

10. Completate con gli articoli determinativi.

	Singolare	Plurale
m a s c h i l e	___ corso	*i* corsi
	il gelato	___ gelati
	___ amico	gli amici
	l'aperitivo	___ aperitivi
	___ strudel	gli strudel
	lo spagnolo	___ spagnoli
	lo zero	___ zeri
f e m m i n i l e	___ pizzetta	le pizzette
	la birra	___ birre
	___ aranciata	le aranciate
	l'amica	___ amiche

11. Completate le tabelle con il singolare o con il plurale dei sostantivi.

Singolare	Plurale
il giorno	i _____
il _____	i medaglioni
il turista	i _____
il _____	i caffè
il toast	i _____

Singolare	Plurale
la fotografia	le _____
la turista	le _____
la _____	le pensioni
l' _____	le amiche
la _____	le città

   a. Quali sostantivi formano il plurale in -*i*?

   b. Quali formano il plurale in -*e*?

   c. Quali rimangono invariati?

12. Karin e Ursula scrivono una cartolina ai loro amici. Completate il testo inserendo e coniugando i seguenti verbi.

essere – essere – frequentare – abitare – stare – stare – andare

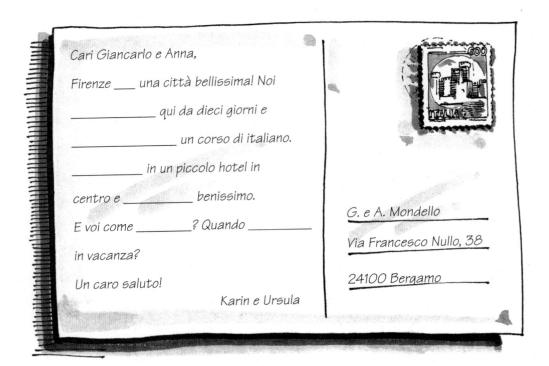

Cari Giancarlo e Anna,

Firenze ____ una città bellissima! Noi
_____ qui da dieci giorni e
_____ un corso di italiano.
_____ in un piccolo hotel in
centro e _____ benissimo.
E voi come _____? Quando _____
in vacanza?
Un caro saluto!

                Karin e Ursula

G. e A. Mondello

Via Francesco Nullo, 38

24100 Bergamo

⇨ 16

13. *C'è* o *ci sono*?

a. Domani _____ un concerto in piazza.

b. In Piazza S. Marco _____ molti turisti.

c. A Siena _____ il Palio.

d. Che gelati _____?

e. Domani a scuola _____ una festa.

f. _____ giornali tedeschi?

g. A Firenze _____ gli Uffizi.

⇨ 19

14. Quale delle due preposizioni è quella giusta?

Cliente: Senta!

Cameriere: Sì, prego.

Cliente: Una birra, per / di favore.

Cameriere: In / con bottiglia o di / alla spina?

Cliente: Di / alla spina.

Cameriere: Bene.

Cliente: Senta, avete tramezzini?

Cameriere: Certo, abbiamo tramezzini con / di prosciutto e formaggio
o con / di mozzarella e funghi.

Cliente: Allora prendo un tramezzino con / di mozzarella e
funghi.

Cameriere: Benissimo.
****

Cameriere: Ecco da / a Lei.

Cliente: Grazie. Quant'è?

Cameriere: 8.500 lire.

15. Completate il dialogo.

▢ Senta, _____ è?

○ _____ 18.600 lire.

▢ Ecco a ____.

○ Non ____ le 600 spicciole?

▢ No, ma _____ pure il resto.

○ _____. Arrivederci.

▢ Prego. Arrivederci.

16. Qual è l'intruso?

a. pizzetta – toast – tramezzino – strudel

b. aranciata – birra – coca cola – limonata

c. cappuccino – caffè – spremuta – tè

d. crema – formaggio – prosciutto – tonno

17. Completate con

| allora   altrettanto | in fondo |
| dai |
| mi raccomando   mi va |

a. ☐ Perché non prendi un Campari?
Non ti piace?

  ○ Sì, ma adesso non _____.

b. ☐ Ci sediamo dentro?

  ○ No, stiamo fuori! È una bella giornata

   _____!

c. ☐ Buongiorno, dica!

  ○ Un cappuccino, ma caldo,

   _____!

d. ☐ Buon appetito!

  ○ Grazie, _____!

e. ☐ I tramezzini non ci sono. Abbiamo

   solo panini.

  ○ E _____ prendo un panino.

f. ☐ Caro però questo bar!

  ○ Mah, è un po' caro, ma _____

   siamo in centro!

⇨21

18. Come si dice?

a. Ecco a Lei. Dica pure il resto.
          Tenga

b. Senti, Franco, io ho sete. Andiamo in un bar?
     Senta,

c. Non ho capito bene il Suo nome. Come si chiama, scusa?
                           scusi?

d. Senti, scusa, come ti chiami?
     Senta, scusi,

e. Buongiorno. Dica, signora!
            Scusa,

19. Caffè e cappuccino

Prendere un caffè è un rito che gli italiani ripetono tante volte al giorno, a casa o al bar. La colazione non è colazione senza un caffè. Molti italiani non fanno colazione a casa e così alcuni bar offrono ai clienti abituali un abbonamento: dieci caffè o cappuccini al prezzo di nove. In Italia dire caffè e dire espresso è la stessa cosa, ma esistono diversi tipi di caffè: ristretto, doppio, lungo, macchiato (con un po' di latte), corretto (con un po' di grappa, di cognac o di Fernet), ottimo dopo un pranzo abbondante. Per chi ha problemi di cuore c'è il caffè decaffeinato. Quando fa caldo, in molte regioni d'Italia è normale prendere un caffè freddo. Al sud in estate nei bar si prende la granita di caffè che è un gelato un po' particolare fatto solo con caffè ghiacciato. Con un po' di panna e con una brioche la granita è anche un modo simpatico per fare colazione al bar.

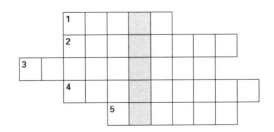

Vero o falso?

	v	f
a. In alcuni bar i clienti fanno un abbonamento per il caffè o per il cappuccino.	❏	❏
b. Ordinare un caffè o un espresso in Italia è la stessa cosa.	❏	❏
c. Il caffè macchiato è un caffè con il cognac.	❏	❏
d. In tutte le regioni italiane è normale fare colazione con una granita.	❏	❏

20. Cruciverba

Nelle caselle evidenziate si leggerà il nome di un famoso caffè di Roma.

1. Un caffè con un po' più d'acqua.
2. Un caffè con il cognac.
3. Un caffè con poca acqua.
4. Un caffè con un po' di latte.
5. Due caffè in una tazza.

21. Completate la coniugazione dei verbi al presente.

	io	tu	Lei lui / lei	noi	voi	loro
lavorare					lavorate	
mangiare		mangi				
pagare			paga	paghiamo		
prendere					prendete	
conoscere	conosco	conosci				conoscono
offrire						offrono
preferire			preferisce		preferite	
essere					siete	
avere						hanno
andare		vai				
stare						stanno
fare				facciamo		

a. Quali persone hanno la stessa desinenza nei verbi delle tre coniugazioni?

b. Quali particolarità notate nei verbi *pagare* e *mangiare*?

c. Quale particolarità notate nel verbo *conoscere*?

d. In che cosa differiscono *offrire* e *preferire*?

22. Una famiglia straniera a Roma.

a. Completate l'intervista. Fate le domande alla seconda persona plurale (*voi*).

☐ Qui a Roma (fare)_____
colazione a casa o (preferire)
_____ andare al bar?

△ Di solito (fare) _____
colazione a casa. (Bere) _____
un caffè o un tè e (mangiare) _____
un panino con burro e marmellata o miele.
E a colazione (leggere) _____
anche il giornale.

☐ (Tornare) _____ a casa
per il pranzo?

△ No, perché non (avere) _____
il tempo. (Mangiare) _____
un panino o un tramezzino al bar
o (andare) _____ a mangiare
in un ristorante.

b. Completate il seguente testo.

Gli Schmidt _____ di Treviri ma _____ a Roma. Loro non

_____colazione al bar, _____ fare colazione a casa.

Di solito _____ un panino con burro e marmellata e

_____ un caffè o un tè. E a colazione _____ anche il

giornale. Per il pranzo non _____ a casa, perché non

_____ molto tempo. _____ un panino o un tramezzino

in un bar o _____ a mangiare in un ristorante.

23. Adriana racconta.

a. Sottolineate tutti i verbi al presente.

A casa la mattina bevo solo un caffè. Poi vado al bar e faccio colazione.
Di solito prendo un cappuccino e un cornetto. Io lavoro in una banca e,
anche se non ho molto tempo, preferisco tornare a casa per il pranzo.
La sera invece vado spesso al ristorante con gli amici.

b. Riscrivete il testo alla terza persona singolare.

A casa la mattina Adriana beve solo un caffè. Poi _____

_____

_____

_____

_____

_____

24. Trasformate le frasi secondo il modello.

> Mario fa colazione a casa. → Mario non fa colazione a casa.
> Ti piace la birra?　　　→ Non ti piace la birra?

a. Franco parla bene l'inglese.

b. Giorgio ha molto tempo.

c. Il cappuccino mi piace molto.

d. Oggi fa caldo.

e. Mio marito si chiama Giuseppe.

f. Ho sete.

g. Siamo molto stanchi.

h. Karin è tedesca.

i. A Siena ci sono molti turisti.

j. Ti va una birra?

k. Fuori c'è posto.

l. Io mi chiamo Mario.

Ho una camera prenotata

⇨ 4

1. Completate il dialogo con le seguenti parole.

documento	chiave	momento	singola	passaporto
bagno	prenotata	numero	esattamente	

☐ Buongiorno. Ho una camera _____. Mi chiamo Angeletti.

○ Attenda un _____. Sì, una stanza _____

con _____ per due giorni.

☐ _____, per due giorni.

○ Ecco la _____. La camera è la _____ 45.

☐ Bene.

○ Ha un _____?

☐ Sì, ecco a Lei il _____.

**2. Scrivete i numeri. Nelle caselle evidenziate si leggeranno i
nomi di due famosi alberghi, a Capri e a Venezia.**

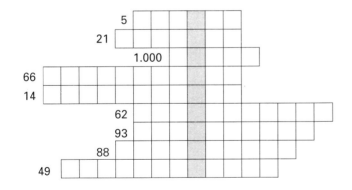

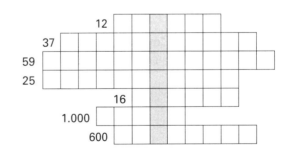

3. Inserite il verbo *dare* nelle seguenti frasi.

a. Noi _____ del tu al professore.

b. Tutte le camere che _____ sul cortile sono silenziose.

c. Un momento, signore, Le _____ subito la chiave della camera.

d. Per favore, Giorgio, _____ tu l'acqua alla bambina?

e. La camera 41 è rumorosa perché ____ sulla strada.

f. Per favore, _____ voi questa lettera a Franco?

do   dà

diamo

date   dai

danno

⇨ 6   **4. Che ore sono?**

_____   _____   _____   _____

_____   _____   _____   _____

**5. Completate le frasi con *perché* o *quindi*
e trasformatele secondo l'esempio.**

> La camera è silenziosa *perché* dà sul cortile interno.
> La camera dà sul cortile interno, *quindi* è silenziosa.

a. L'albergo è un po' caro _____ è in centro.

b. Dal 3 al 5 maggio c'è un congresso _____ non ci sono
camere libere.

c. La stanza è rumorosa _____ dà sulla strada.

d. Hans vive in Italia _____ parla bene l'italiano.

⇨ 8

6. Guardate i disegni e completate le frasi con le preposizioni e con l'orario.

Il signor Rossi fa colazione _____ _____ ,

lavora _____ _____ _____ _____ e

pranza _____ _____ _____ _____ .

_____ _____ guarda la televisione

e poi _____ _____ va a letto.

⇨ 11

7. Completate i dialoghi con i seguenti avverbi.

| esattamente | assolutamente | ovviamente | eventualmente | certo |

a. ☐ La Sua camera è la 52, vero?   ○ _____ , la 52.

b. ☐ _____ è possibile pagare con un assegno?   ○ _____ ! Non c'è problema.

c. ☐ A che ora è la colazione?   ○ Dalle 8.00 alle 10.00, di mattina _____ .

d. ☐ Ho la macchina parcheggiata davanti all'albergo. Non so, dà fastidio?   ○ No, _____ !

29

8. Inserite le seguenti preposizioni nelle frasi.

(a) (da) (con) (in) (per)

a. Vorrei una camera singola _____ bagno _____ tre giorni.

b. Per la cena faccio ancora _____ tempo?

c. Il pranzo è _____ mezzogiorno alle due.

d. Scusi, _____ che ora è il pranzo?

e. Vorrei fare colazione _____ camera.

f. Mi dispiace, ma non è possibile pagare _____ la carta di credito.

⇨ 15

9. Qual è l'albergo ideale per il signor Rossi?

«Cerco una camera in un piccolo albergo al mare dal 15 al 25 marzo. E voglio portare anche il mio gatto.»

Hotel Giglio
Firenze.
16 camere.
Bar. Aperto tutto l'anno. Ammessi piccoli animali. Parcheggio privato.

Hotel Belvedere
Rimini.
120 camere.
Bar. Ristorante. Garage. Piscina. Aperto da maggio a ottobre.

Albergo Regina
Rio Marina. (Elba)
20 camere. Bar. Ristorante. Piscina. Garage. Ammessi piccoli animali. Aperto da marzo a novembre.

Hotel Amalfi
Capri.
22 camere.
Bar. Ristorante. Spiaggia privata. Chiuso da novembre a aprile. Ammessi piccoli animali.

10. Completate le seguenti frasi con _comunque_, _e_, _perché_, _quindi_, _se_.

a. Per la macchina non c'è problema _____ c'è il garage.

b. Può fare colazione al bar o, _____ preferisce, anche in camera.

c. La stanza dà sulla strada, _____ non è rumorosa.

d. L'albergo è in un parco, _____ è molto tranquillo.

e. Le stanze sono abbastanza grandi _____ hanno anche il frigobar ed il televisore.

11. La signora Bratke vorrebbe prenotare una camera 13 al 19 luglio e telefona all'Hotel Flora.
   Completate il dialogo.

Hotel Flora. Buongiorno.

_____

_____

Un momento … Sì, è possibile.

_____

190.000 compresa la prima colazione.

_____

Qual è il Suo nome?

_____

Come, scusi?

_____

Bratke. Benissimo.

_____

⇨ 21

12. Qual è il contrario di *bello*? Leggetelo nelle caselle evidenziate.

Qual è il contrario di ...

1. male
2. caldo
3. tranquillo
4. chiuso
5. primo
6. economico

13. Completate il testo.

Confermo come _____ telefonata _____

prenotazione _____ una camera singola _____

bagno _____ 5 _____ 9 febbraio e unisco _____

assegno _____ lire 76.000 corrispondente _____

prezzo _____ _____ notte.

Distinti _____.

Angelo Parisi

14. Inserite i nomi dei mesi.

MARZO

NOVEMBRE

LUGLIO

AGOSTO

APRILE

DICEMBRE

Gennaio   è il primo
_____ è il secondo
_____ è il terzo
_____ è il quarto
_____ è il quinto
_____ è il sesto   mese dell'anno.
_____ è il settimo
_____ è l'ottavo
_____ è il nono
_____ è il decimo
_____ è l'undicesimo
_____ è il dodicesimo

FEBBRAIO

GIUGNO

OTTOBRE

GENNAIO

MAGGIO

SETTEMBRE

15. Coniugate i verbi tra parentesi al presente indicativo.

Sulla strada fra Padova e Venezia, lungo il Canale del Brenta,

(esserci) _____ un piccolo albergo che (chiamarsi) _____

«La Rescossa». Il proprietario dell'albergo, il signor Tofano,

(avere) ____ quest'albergo da tanti anni e (fare) ____

tutto insieme alla moglie e al figlio. La mattina la signora

Tofano (preparare) _____ la colazione e (mettere) _____

in ordine le camere, il marito e il figlio (lavorare)

_____ in giardino o (andare) _____ a fare la spesa in

paese. I Tofano (parlare) _____ solo l'italiano, ma questo

non (essere) ___ un problema. Nell'albergo (esserci) _____

dépliant in molte lingue e i Tofano (spiegare)

_____ ai clienti come (essere) ___ possibile arrivare a

Venezia o alle ville del Palladio o (dare) _____

informazioni sui ristoranti vicini.

L'albergo (essere) ___ aperto tutto l'anno e (avere)

_____ 14 stanze, tutte con bagno. Le camere che (dare)

_____ sul giardino (essere) _____ molto tranquille. Un

albergo ideale? Sì, ma solo per il turista che (volere) _____

veramente riposare. Alle 23.00 in punto il signor Tofano

(chiudere) _____

l'albergo e (andare) ____ a

letto. E se un cliente non

(fare) ____ in tempo a

tornare, non (entrare)

_____.

16. Completate con l'articolo indeterminativo e volgete al plurale.

_____ amico   _____

_____ amica   _____

un   _____ tedesco   _____

_____ tedesca   _____

una   _____ austriaco   due   _____

_____ austriaca   _____

un'   _____ albergo   _____

_____ marco   _____

_____ banca   _____

17. Completate le frasi con le preposizioni semplici.

a. Sono _____ Genova, ma abito ___ Milano _____ dieci anni.

b. San Gimignano è _____ Toscana, vicino ___ Siena.

c. Siamo qui _____ vacanza.

d. Vorrei una birra _____ bottiglia.

e. Prendo un Martini _____ un po' _____ ghiaccio.

f. Andiamo tutto il giorno _____ giro _____ la città.

g. Posso pagare _____ un assegno o _____ la carta _____ credito?

h. Faccio ancora _____ tempo _____ il pranzo?

18. Completate le frasi con le preposizioni semplici o articolate.

a. Avete una camera _____ bagno _____ quattro giorni?

b. La camera numero 12 è _____ primo piano, la numero 53 è

_____ ultimo piano.

c. La camera è tranquilla perché dà _____ cortile interno.

d. La colazione è _____ 7.30 _____ 10.00.

e. Il pranzo è _____ mezzogiorno _____ una e mezza.

f. La cena è _____ otto _____ dieci.

19. Leggete il seguente testo e rispondete poi alle domande.

Hotel Marchi – Ristorante

È condotto in proprio dalla famiglia Del Grande sin dal 1946. Completamente rinnovato nelle sue strutture, situato nel centro storico, offre un ambiente curato e confortevole: tutte le camere sono dotate di bagno-doccia, servizi, telefono, televisore e filodiffusione. La cucina, conosciuta per la sua genuinità, è una tradizione dell'hotel Marchi assieme al famoso «Rosatello» prodotto direttamente dai vigneti di proprietà.

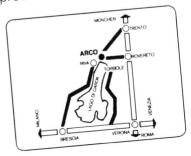

a. Come si chiama la famiglia che ha l'albergo?

b. Da quanto tempo questa famiglia ha l'albergo?

c. Dov'è l'hotel Marchi?

d. Che cosa c'è nelle camere?

e. Come si chiama il vino prodotto dai proprietari dell'albergo?

LEZIONE 4

Senta, scusi!

⇨ 3 **1. Fate un dialogo con le seguenti frasi.**

Mi può dire dov'è Piazza Navona?

La ringrazio.

Scusi, permette una domanda?

Prego. Dica.

Prego. Non c'è di che.

Mi dispiace, non sono di qui. Ma guardi, lì c'è un vigile, lui lo sa senz'altro.

⇨ 5 **2. Come si chiama l'edificio nascosto?**
Scopritelo a cruciverba ultimato nelle caselle evidenziate.

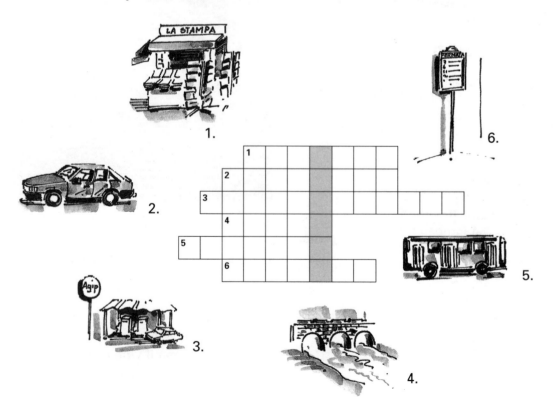

⇨ 6

3. Quali edifici corrispondono alle lettere del disegno?

a. Il supermercato è di fronte alla scuola.
b. Il cinema è accanto al supermercato.
c. La farmacia è accanto alla trattoria.
d. La fermata dell'autobus è davanti al cinema.
e. L'edicola è di fronte alla stazione.
f. Il bar è accanto alla stazione.
g. La chiesa è di fronte alla banca.
h. La banca è accanto al museo.

A = _____   E = _____

B = _____   F = _____

C = _____   G = _____

D = _____   H = _____

4. Completate i dialoghi con *al*, *alla*, *all'*.

a. □ C'è un autobus per andare _____ Museo Egizio?

○ Sì, c'è il 64. La fermata è lì, di fronte _____ albergo.

b. ▨ Per andare _____ Teatro Olimpico devo scendere qui?

● No, non qui, _____ prossima fermata.

c. △ Senta, io vorrei andare _____ Colosseo. È lontano?

□ Beh, un po' sì. Comunque c'è la metropolitana, lì _____ stazione.

d. ○ Scusi, c'è una farmacia qui vicino?

△ Sì, guardi, proprio lì, accanto _____ bar.

e. ● Scusi, sa dov'è la polizia?

○ È laggiù, di fronte _____ distributore.

5. *C'è/ci sono* oppure *è/sono*?
Completate le frasi secondo il modello.

La fermata della metropolitana **è** in Via Garibaldi.

In Via Garibaldi **c'è** la fermata della metropolitana.

I giardini pubblici **sono** lì, accanto al ponte.

Lì, accanto al ponte, **ci sono** i giardini pubblici.

a. La fermata del 12 _____ di fronte alla scuola.

Di fronte alla scuola _____ la fermata del 12.

b. Lì a destra _____ due banche.

Le due banche _____ lì a destra.

c. Le cabine telefoniche _____ sulla piazza.

Sulla piazza _____ le cabine telefoniche.

d. Di fronte al cinema _____ un supermercato.

Il supermercato _____ di fronte al cinema.

e. Il cinema Lux _____ accanto alla posta.

Accanto alla posta _____ il cinema Lux.

⇨ 9

6. Completate i dialoghi con *lo, la, li, le*.

a. ☐ È lontano l'ufficio del turismo?

○ No, Lei va avanti fino a quella piazza e

poi ____ vede subito.

b. △ Andiamo a vedere i Musei Vaticani?

☐ No, oggi no, ____ visitiamo domani.

c. ● Vuoi una birra anche tu?

▨ Sì, ____ prendo anch'io.

d. ☐ Scusi, sa che ore sono?

▲ Mi dispiace, non ____ so.

e. ▨ Chi prenota le camere in albergo?

△ ____ prenoto io.

f. ○ Conosci Marta e Silvia?

● No, non ____ conosco.

7. Completate i dialoghi con i seguenti verbi.

> andare   arrivare   attraversare   potere
> essere   sapere
> vedere   prendere   volere   andare

● Scusi, mi _____ dare un'informazione?

▩ Certo, dica!

● _____ andare al museo di arte moderna.
  ____ dov'è?

▩ Sì, Lei ora _____ fino all'incrocio. Lì
  _____ la prima strada a sinistra e
  _____ a una piazza, la _____ ,
  poi ____ a sinistra e il museo d'arte moderna
  ____ lì, lo _____ subito.

⇨ 11 **8. Qual è l'intruso?**

a. museo – piazza – via – traversa
_____

b. autobus – fermata – metropolitana – tram
_____

c. bar – edicola – trattoria – ristorante
_____

d. angolo – incrocio – semaforo – strada
_____

e. a destra – dritto – a sinistra – sempre
_____

9. Guardate la piantina.
Quali parole mancano nel testo?

Caro Stefano,

ecco come puoi arrivare dalla stazione a casa mia. Allora, quando arrivi, per prima cosa devi prendere l'autobus, il 38, e devi scendere a piazza Armenia. Lì vai dritto e arrivi a un _____ che è proprio all' _____ con via Raimondi. Qui giri a destra e continui dritto fino al secondo _____; giri a _____; dopo pochi metri c'è una piazza; tu la vedi subito. Vai ancora dritto e arrivi in via Romagna, dove abito io. La mia casa è al numero 35, comunque la vedi subito perché è proprio _____ ad una chiesa.

A domani
Marina

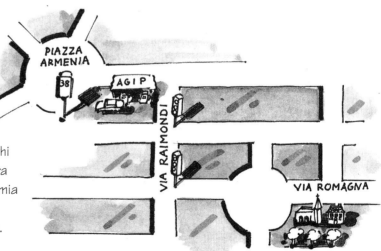

⇨ 12

10. Completate le frasi con il partitivo.

a. Al bar Globo fanno _____ tramezzini molto buoni.

b. Ho _____ amici in Italia.

c. Mario cucina _____ spaghetti favolosi.

d. C'è ancora _____ caffè?

e. Se esci, puoi comprare _____ zucchero?

f. Vorrei _____ arance, ma buone, mi raccomando!

g. Questo libro ha _____ pagine molto belle.

h. In frigorifero ci sono _____ uova e _____ pomodori.

11. Aiutate l'archeologo a ricostruire le colonne.

	POTERE	DOVERE	VOLERE	SAPERE	VENIRE	USCIRE
io	_____	_____	_____	_____	_____	_____
tu	_____	_____	_____	_____	_____	_____
lui lei Lei	_____	_____	_____	_____	_____	_____
noi	_____	_____	_____	_____	_____	_____
voi	_____	_____	_____	_____	_____	_____
loro	_____	_____	_____	_____	_____	_____

12. Completate le frasi con il presente dei verbi *volere*, *potere* e *dovere*.

a. Scusi, dove (io) _____ scendere per Piazza di Spagna?

b. Mi dispiace, ma stasera io e Maria proprio non _____ venire.

c. Franco e Sergio non _____ andare in vacanza perché

_____ lavorare.

d. Noi non _____ venire alla festa domenica.

Lunedì abbiamo un esame e _____ studiare anche
sabato e domenica.

e. Paolo, _____ un caffè?

f. Che cosa _____ i bambini? Un gelato o un dolce?

g. Domenica (voi) _____ studiare ancora?

h. (Voi) _____ venire al cinema con noi?

i. Mi dispiace, ma io non _____ venire. _____ finire un lavoro.

j. Scusi, signora, mi _____ dare un'informazione?

k. Mi dispiace, signora, ma non abbiamo più camere singole.

_____ una camera matrimoniale?

l. Giorgio e Luisa non _____ venire al cinema,
preferiscono restare a casa.

13. Inserite nei dialoghi i verbi *sapere*, *venire* ed *uscire*.

a. Franco, _____ tardi stasera dall'ufficio?

No, oggi _____ alle cinque.

b. Signora, _____ che ore sono?

Mi dispiace, non lo _____: non ho l'orologio.

c. _____ al cinema con noi anche
Bianca e Sofia?

No, stasera loro _____ con la signora
Chiarini.

d. Scusate, _____ dov'è la fermata
del 59?

No, non lo _____ perché
non siamo di qui.

e. Dottor Sarti, _____ anche Lei al bar?

Sì, un attimo, _____ subito!

14. Completate le frasi con è, *sono*, *c'è* o *ci sono*.

a. La fermata _____ davanti all'edicola.

b. Oggi i musei _____ chiusi.

c. Domenica _____ una festa in piazza.

d. In frigorifero _____ delle bottiglie di birra.

e. Mi può dire dove _____ i giardini pubblici?

f. _____ un ufficio postale qui vicino?

g. _____ ancora camere libere?

h. Sa se la Sip _____ aperta?

15. Completate il messaggio registrato sulla segreteria telefonica. Inserite le seguenti parole.

altrimenti	perché	se
comunque	quando	

Senti, Franco, mi dispiace tanto, ma non posso venire alla stazione _____ il bambino sta male.

Arrivare a casa mia _____ non è difficile.

____ vuoi venire a piedi, devi attraversare la piazza della stazione e poi continuare diritto fino all'incrocio con Via Romagna. _____ puoi prendere il 56 (la fermata è lì davanti) e scendere alla seconda fermata. Poi vai un pochino avanti e, _____ arrivi all'incrocio con Via Romagna, giri a sinistra. Facile, no?

⇨ 15 **16. Completate le frasi con *tutto* seguito dall'articolo o con *ogni*.**

a. _____ giorno Franco prende l'autobus alle 8.15.

b. _____ negozi oggi sono chiusi.

c. _____ settimana andiamo al corso d'italiano.

d. _____ studenti sono in classe.

e. _____ estate Franca passa due settimane a Rimini.

f. _____ mattina faccio colazione al bar.

g. _____ sabato gioco a tennis.

h. _____ camere sono silenziose.

17. Completate la tabella.

	il	lo	la	l'	i	gli	le
a	al	allo	alla	all'	ai	agli	alle
da	dal				dai		
di		dello				degli	
in			nella				nelle
su				sull'			

18. Completate con le preposizioni.

a + articolo

a. I negozi aprono _____ nove e chiudono _____ una.

b. La fermata è di fronte _____ giardini pubblici.

c. La stazione è accanto _____ ufficio postale.

d. Per andare _____ zoo che autobus devo prendere?

e. La camera 21 è _____ secondo piano.

di + articolo

a. Scusi, dov'è la fermata _____ autobus?

b. Ecco la chiave _____ camera.

c. La biglietteria _____ Arena è ancora aperta.

d. La piazza _____ mercato è lì a destra.

su + articolo

a. La camera è tranquilla perché dà _____ cortile.

b. Guarda, lì c'è un bar, _____ piazza.

c. La mia casa è la seconda _____ destra.

d. La colazione è _____ tavolo.

da + articolo

a. Cerco una ragazza alla pari _____ mese di marzo.

b. _____ centro a casa mia sono solo 10 minuti a piedi.

c. I negozi sono chiusi _____ una alle tre.

d. Il museo è aperto _____ nove a mezzogiorno.

e. Conosco Franco _____ anni dell'università.

in + articolo

a. _____ frigorifero c'è una bottiglia di spumante.

b. _____ camera numero 45 ci sono tre letti.

c. _____ alberghi al mare non ci sono camere libere.

d. L'albergo è chiuso _____ mesi di febbraio e di novembre.

e. _____ grandi città alcuni negozi hanno l'orario continuato.

Il colore non mi piace

1. **Ascoltate attentamente il dialogo 2 a pagina 60 (libro di testo) e segnate le sillabe su cui cade l'accento di frase.**

■ Buongiorno.
● Buongiorno. / Dica.
■ Senta, / ieri mia moglie mi ha comprato questo pullover. / Però, è un po' grande e poi, / detto tra noi, / il colore non mi piace per niente.
● Non Le piace.
■ E allora, non so, / si può cambiare?
● Beh, si può cambiare / se Lei ha lo scontrino.
■ Come no! / Eccolo qua.

2. **Nelle caselle evidenziate si leggerà il nome di un accessorio.**

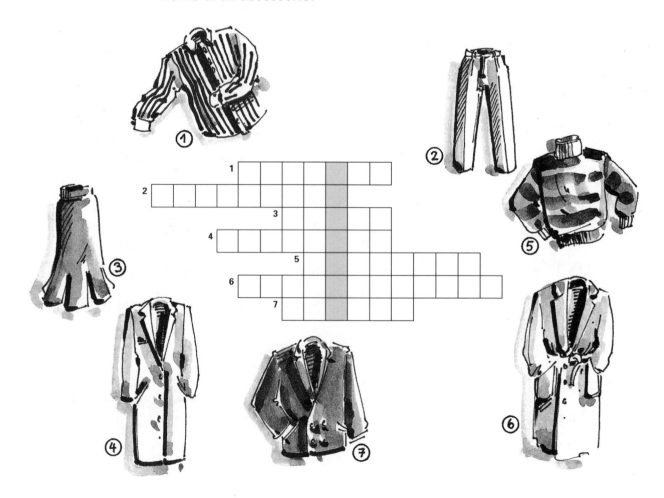

3. Fate delle frasi secondo il modello.

Questa gonna non mi piace. Si può cambiare?

guanti

calzini

sciarpa

camicie

pullover

giacca

 5

4. Indovinello

Per andare ad una festa di carnevale Aldo Bianchi, Bruno Rossi, Carlo Verdi e Dario Viola indossano dei costumi che ricordano i loro cognomi. Prima di andare alla festa però hanno un'idea: ognuno dà agli altri tre dei quattro capi di abbigliamento che indossa. Ecco cosa dicono.

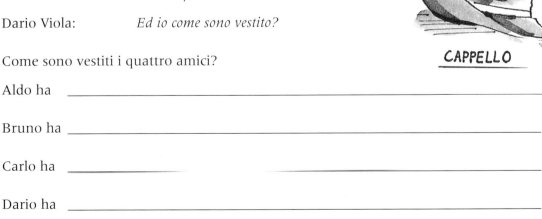

SCARPE

CAPPELLO

Aldo Bianchi: *Io ho la giacca di Dario, i pantaloni di Bruno e il mio cappello.*

Bruno Rossi: *Io ho il cappello di Carlo, le scarpe di Aldo e la mia giacca.*

Carlo Verdi: *Io ho le scarpe di Bruno, la giacca di Aldo e i miei pantaloni.*

Dario Viola: *Ed io come sono vestito?*

Come sono vestiti i quattro amici?

Aldo ha _____

Bruno ha _____

Carlo ha _____

Dario ha _____

45

5. Completate le frasi e rispondete secondo il modello.

> *Quella* camera è rumorosa?   – No, è *silenziosa*.

a. _____ albergo è grande?   _____

b. _____ pensione è tranquilla?   _____

c. _____ museo è vicino?   _____

d. _____ negozi sono aperti?   _____

e. _____ posto è lontano?   _____

f. _____ liquore è amaro?   _____

g. _____ bar è caro?   _____

h. _____ aperitivi sono alcolici? _____

6. Completate con *quel, quello, quella, quelle, quei* .

a. ○ Vorrei vedere _____ impermeabile in vetrina.

   △ Quale? _____ verde?

   ○ No, _____ grigio.

b. ○ _____ gonna blu c'è nella taglia 42?

   △ Quale? _____ di lana o _____ di velluto?

c. ○ _____ camicette sono di seta?

   △ _____ gialla sì, _____ verde no.

d. ○ Mi piace molto _____ cappotto rosso. C'è la mia taglia?

   △ Non lo so. Adesso guardo se c'è fra _____ cappotti.

7. *Sembrare* o *piacere*? Completate le frasi.

> Questi guanti mi *sembrano* un po' cari.

a. Questa camera non mi _____: è troppo rumorosa.

b. L'albergo Doria mi _____ molto caro.

c. I pantaloni che sono in vetrina mi _____ molto, ma

mi _____ un po' piccoli.

d. Questo vino non mi _____.

e. I tramezzini non mi _____ buoni qui.

f. Il modello mi _____, ma il colore no.

⇨ 9

8. Completate lo schema.

Aggettivo	Avverbio
_____	gratuitamente
tranquillo	_____
_____	comodamente
silenzioso	_____
_____	tipicamente
diretto	_____
_____	certamente
esatto	_____
_____	freddamente
vero	_____

Aggettivo	Avverbio
elegante	_____
facile	_____
_____	difficilmente
normale	_____
generale	_____
_____	confortevolmente
possibile	_____
_____	regolarmente

a. Come si formano gli avverbi che derivano da un aggettivo in -o?

b. E quelli che derivano da un aggettivo in -e?

c. E quelli che derivano da un aggettivo in -le o in -re?

47

9. Aggettivo o avverbio? Completate.

a. In questo negozio fanno le modifiche gratuit_____.

b. L'albergo Salvi è molto tranquill_____.

c. In Italia i musei normal_____ sono chiusi il lunedì.

d. Queste scarpe sono molto comod_____.

e. In piazza Mazzini si può parcheggiare facil_____.

f. Mario parla perfett_____ il tedesco.

g. Questa giacca è ver_____ bella.

h. General_____ l'orario della colazione è dalle sette alle nove.

10. *Buono* (*-a, -i, -e*) o *bene*?

a. Questo tramezzino è proprio _____.

b. _____ sera, signora, come sta?

c. Sto abbastanza _____, grazie.

d. Vanno _____ i pantaloni?

e. Sono _____ le pizzette?

f. In questa stanza dormo proprio _____.

g. All'albergo Sole la colazione è proprio _____.

h. Sono _____ i tramezzini?

i. Questo ristorante non è _____, andiamo in un altro.

⇨ 11 **11. Che cosa chiedete se …? Fate delle domande secondo il modello.**

La taglia è grande. → Non c'è *una taglia* più *piccola?*

a. Il colore è chiaro. _____

b. Il bar è lontano. _____

c. L'albergo è caro. _____

d. La camera è rumorosa. _____

e. Il pullover è stretto. _____

f. La gonna è corta. _____

⇨ 13

12. Quali parole mancano?

a. Le maniche sono un po' lunghe. Si possono

_____?

b. La giacca è troppo _____. Si può stringere?

c. Questo grigio non mi piace. Non c'è un

altro _____?

d. La giacca è stretta di spalle. Posso provare la

_____ più grande?

e. Questo marrone è troppo scuro. Non c'è una

tonalità più _____?

f. La gonna è un po' stretta di vita. Non si può

_____ di due o tre centimetri?

13. Completate il dialogo con i verbi opportuni.

☐ _____ bene i pantaloni?

○ No, sono troppo stretti. Provo la 50.

☐ Mi _____, ma la 50 non c'è.

○ Allora provo la 52.

☐ La 52? Mi _____ un po' grande per Lei.

○ Forse. Ma mi _____ il colore.

Eventualmente si _____ stringere?

☐ Certo.

14. Inserite i pronomi *lo*, *la*, *li*, *le*.

a. Questa camicia mi piace molto. Posso
provar____?

b. Se i pantaloni non vanno bene, posso
cambiar____?

c. Il cappotto è un po' lungo, ma non è un
problema, possiamo accorciar____.

d. Ecco le gonne, signora. Se vuole provar____,
lì c'è il camerino.

e. Se le maniche sono troppo lunghe, possiamo
accorciar____.

f. Se i bottoni non Le piacciono, possiamo
cambiar____.

g. Signorina, la giacca è un po' larga. Potete
stringer____?

h. Se a Suo marito il pullover non piace,
possiamo cambiar____.

⇨ 18

15. Come si dice?

Completate le frasi con *certo*, *esattamente* o *come no*
e con la punteggiatura necessaria (punto o punto esclamativo).

a. ▥ Qui facciamo tutto con il computer. Ma probabilmente Lei
non è un esperto.

● _____ Io sono programmatore!

b. □ Il libro che Lei cerca forse è «Strade di polvere».

○ «Strade di polvere», _____

c. △ Allora Lei ha una camera singola con bagno per cinque giorni.

□ Per cinque giorni _____

d. ▲ Non so se tu sai cos'è l'Oktoberfest.

● _____ Io vivo a Monaco da tre anni.

e. ▥ Posso telefonarti questo pomeriggio?

● _____ Fino alle cinque sono a casa.

f. □ È possibile pagare con la carta di credito, ma solo se Lei ha
un documento.

△ _____ Adesso lo prendo ... Eccolo.

g. ○ Scusi, può darmi un'informazione?

　△ _____ Se posso, volentieri.

h. ▨ Ho una bella guida di Roma, ma è in inglese. Forse tu non capisci la lingua.

　○ _____ Mia madre è inglese.

i. △ Posso fare una telefonata?

　○ _____ Il telefono è là.

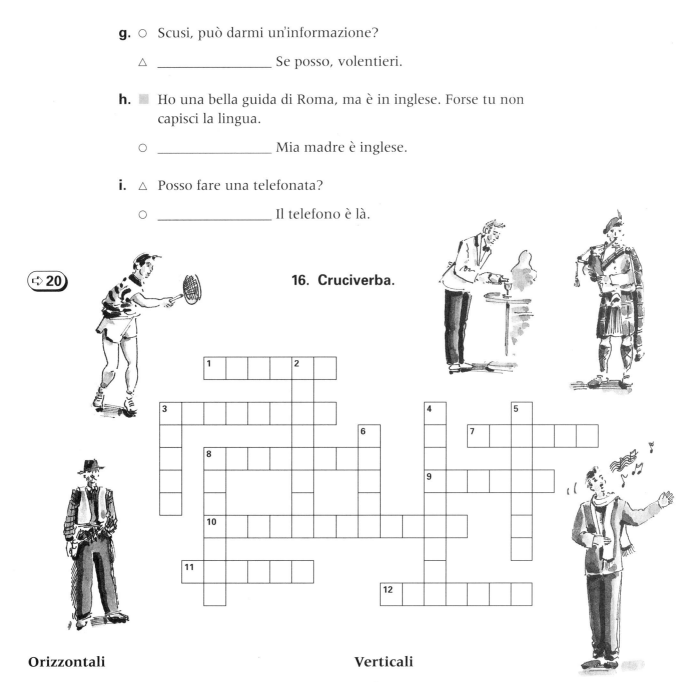

16. Cruciverba.

⇨ 20

Orizzontali

1. Quelle da donna possono avere il tacco alto.
3. Lo portano i cow-boys.
7. Sono di pelle o di lana, per le mani fredde.
8. Si porta sopra la giacca.
9. La commessa la domanda al cliente.
10. Tipico quello di Humphrey Bogart.
11. Quella dei camerieri è bianca.
12. Di seta o di lana la portano tutti i tenori.

Verticali

2. È di lana e si porta sopra la camicia.
3. Si portano ai piedi.
4. Sono corti per giocare a tennis.
5. Sono due nella camicia.
6. In Scozia la portano anche gli uomini.
8. Senza questa non è possibile portare la cravatta.

17. Leggete il seguente testo e indicate poi se le affermazioni sono vere o false.

L'eleganza

Gli italiani – si dice – sono vanitosi e, per questo, vestono con eleganza.

Forse la vanità è un difetto, ma che c'è di male a curare il proprio aspetto, a cercare di combinare con gusto i colori di quello che si porta? Non tutti siamo belli per natura, anzi, alcuni sono decisamente brutti. Allora perché non cercare di correggere o comunque di non ostentare gli errori di Madre Natura? Per quale motivo una donna un po' robusta deve vestire di bianco, quando il nero la fa sembrare più magra? Per quale ragione si devono mostrare quei difetti che è invece così facile nascondere? Nessuno vuole essere brutto. «Ma – si può dire a questo punto – essere eleganti

costa, seguire la moda è caro.» Sì? E allora come mai tante persone spendono in vestiti somme enormi, senza mai arrivare a essere minimamente eleganti? L'eleganza non dipende dal portafoglio, ma dal buon gusto, una qualità questa che la natura purtroppo, così come la bellezza, non regala a tutti.

Nel testo si dice che …	v	f
a. molte persone sono decisamente brutte.	❑	❑
b. una donna un po' «forte» non deve vestire di bianco.	❑	❑
c. essere eleganti costa.	❑	❑
d. il buon gusto è una qualità che hanno pochi.	❑	❑

La Sicilia ti è piaciuta?

⇨ 3   **1. Ricostruite il dialogo.**

☐ Hai sentito il messaggio sulla segreteria telefonica? (a)

☐ Corrado. Dice di richiamarlo stasera alle otto perché è una cosa importante. (b)

☐ E non puoi chiamarlo da fuori? (c)

☐ E perché allora non lo chiami quando esci dal cinema? (d)

▷ *Giusto. Allora lo chiamo dopo il film. (e)*

▷ *No, perché andiamo al cinema e il film comincia alle sette e mezza. (f)*

▷ *No. Chi ha telefonato? (g)*

▷ *Ma stasera non posso. Esco con Giorgio. (h)*

2. Quali verbi si coniugano con *essere*? Quali con *avere*?
Scrivete i loro participi passati qui sotto.

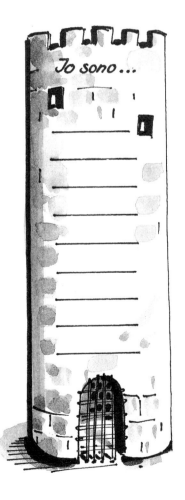

Io sono ...

andare   arrivare

avere   capire

conoscere   essere

fare   incontrare

lavorare   parlare

partire   preferire

restare   sentire

stare   tornare

venire   uscire

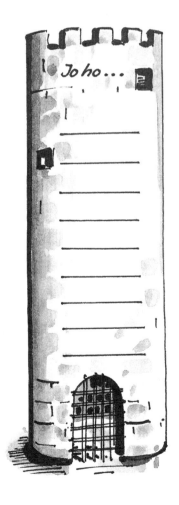

Io ho ...

3. Completate la lettera con le seguenti parole.

aspetto – casa – come – compio – compleanno – grande –
naturalmente – sera – stai – venire – vieni

Caro Marco,

come _____? Ti scrivo perché, _____ forse sai, il 5 maggio è

il mio _____ e siccome _____ 30 anni, voglio fare

una _____ festa e tu _____ sei invitato.

La festa è di _____ in campagna a _____ di mia madre. Se

vuoi, puoi _____ anche di pomeriggio perché io sono lì.

Telefona per dirmi se _____, io comunque ti _____.

Ciao!

4. Completate le frasi con i verbi al passato prossimo.

a. Io (*andare*) _____ _____ a Roma e (*visitare*) _____ _____
i Musei Vaticani.

b. Mario (*andare*) _____ _____ a Parigi e (*frequentare*) _____
_____ un corso di francese.

c. Carla e Giulio (*comprare*) _____ _____ una casa in Toscana e
(*andare*) _____ _____ ad abitare lì.

d. Hans (*essere*) _____ _____ a Roma e (*studiare*) _____ _____
l'italiano.

e. Marco (*restare*) _____ _____ ancora una settimana a Firenze
e (*conoscere*) _____ _____ Lucia.

5. **Gli studenti raccontano cosa hanno fatto in estate.**
   Che cosa dice ognuno di loro?.

a. _____
_____

andare a Parigi
frequentare un corso di francese

b. _____
_____

andare in montagna
restare lì per due settimane

c. _____
_____

non partire
lavorare in un negozio

d. _____
_____

stare in campagna
lavorare in giardino

e. _____
_____

andare a Venezia
incontrare gli ex compagni di scuola

f. _____
_____

restare in città
studiare per l'esame

LEZIONE 6

⇨ 7

6. Marco e Sara parlano delle loro vacanze.
Completate il testo con le forme del passato prossimo.

L'estate scorsa noi (*essere*) _____ _____ a Venezia.

(*Partire*) _____ _____ alla fine di luglio e (*restare*)

_____ _____ lì due settimane. Prima di partire (*prenotare*)

_____ _____ una camera in un albergo vicino a Piazza S. Marco.

Quando (*arrivare*) _____ _____, (*andare*) _____ _____

subito in albergo. Poi (*mangiare*) _____ _____ in una

trattoria tipica. (*Visitare*) _____ _____ le chiese e i

musei e (*vedere*) _____ _____ moltissime altre cose.

7. Fate delle domande con *quando, che cosa, dove* o *come*.

a. _____?
▷ Siamo partiti ieri sera.

b. _____?
▷ Abbiamo visto dei posti bellissimi.

c. _____?
▷ Sono stato in Liguria.

d. _____?
▷ Le vacanze sono state bellissime.

e. _____?
▷ Ho visto il museo d'arte romana.

f. _____?
▷ Abbiamo passato le vacanze al mare.

g. _____?
▷ Carla è ritornata ieri sera.

h. _____?
▷ Ci sono andate in macchina.

8. Vacanze al superlativo.
Fate delle frasi secondo il modello.

> noi – vedere – città importanti
> *Abbiamo visto* le *città* più *importanti*.

a. io – visitare – chiese famose

_____

b. noi – avere – camera bella

_____

c. lui – vedere – isole solitarie

_____

d. loro – visitare – città caratteristiche

_____

e. lei – frequentare – corso interessante

_____

f. noi – fare – giro lungo

_____

g. loro – trovare – spiaggia tranquilla

_____

56

9. Raccontate secondo il modello.

> noi: andare in Sicilia / girare tutta l'isola /
>   vedere *città importanti* / salire anche sull'Etna
>
> Siamo andati in Sicilia. Abbiamo girato tutta
> l'isola, abbiamo visto le città *più* importanti e
> siamo saliti anche sull'Etna.

a. Piero: fare un viaggio organizzato / andare a Roma / visitare
musei famosi / vedere la Fontana di Trevi / salire
anche sulla cupola di San Pietro

b. Lisa: fare un viaggio in Toscana / abitare in una fattoria /
andare a cavallo / visitare *città caratteristiche* /
fare anche un corso di pittura

c. io: andare in Puglia / vedere i trulli di Alberobello /
visitare *posti caratteristici* / andare al mare / fare
anche un corso di windsurf

d. loro: essere a Venezia / trovare un albergo in centro /
vedere il «Don Giovanni» alla Fenice / visitare *isole*
famose / andare anche in gondola

⇨ 8 **10. Completate i dialoghi con i pronomi indiretti (*mi, Le, vi*)
e coniugate i verbi al passato prossimo.**

▨ E poi ___ andat__ a Pavia, professore?

▶ Sì, ma ____ avut__ poco tempo per visitare
la città e così ____ vist__ solo la Certosa.

▨ E ____ ____ piaciut__?

▶ Sì, molto.

○ Giorgio, è vero che ____ stat__ a Milano?

□ Sì, ci _____ andat__ per lavoro.

○ E _____ avut__ anche il tempo di visitare
la città?

□ No, ma ____ vist__ il Duomo che ____
___ piaciut__ molto.

▲ Ragazzi, ____ ___ piaciut__ Firenze?

● Moltissimo. È una città veramente bella.

□ Ho sentito che Lei ___ stat__ in alcune città
del Veneto.

▷ Sì, ci _____ andat__ in giugno con mio
marito. Prima _____ stat__ a Padova e a
Vicenza e poi _____ visitat__ anche
tre Ville del Palladio.

□ E ____ _____ piaciut__?

▷ Moltissimo.

(⇨ 10)

11. La settimana scorsa a Beppe non è andata per niente bene. Aiutatelo a completare le frasi secondo il modello usando i seguenti verbi.

> capire – comprare – fare – fotografare
> mangiare – ordinare – vedere

Domenica ho telefonato a una mia amica tedesca, ha risposto la madre e io *non ho capito niente*.

a. Lunedì sono andato al museo, ho trovato tutto chiuso e _____

_____.

b. Martedì in albergo sono arrivato tardi per la colazione e così _____

_____.

c. Mercoledì ho lasciato la macchina fotografica in camera e così _____

_____.

d. Giovedì pomeriggio sono andato in centro in macchina per fare spese,

ma non ho trovato un parcheggio libero e così _____

_____.

e. Venerdì al bar il cameriere non è venuto e così _____

_____.

f. Sabato al cinema due persone davanti a me hanno parlato tutto il

tempo ed io _____.

g. Oggi è domenica, ho dormito tutto il giorno e _____

_____.

⇨ 13

12. Qual è l'infinito?

aperto	_____	messo	_____
bevuto	_____	offerto	_____
chiesto	_____	preso	_____
chiuso	_____	risposto	_____
detto	_____	scelto	_____
fatto	_____	venuto	_____
letto	_____	visto	_____

13. Completate con il passato prossimo dei verbi fra parentesi.

a. Laura (*prendere*) _____ _____ la patente e (*comprare*) ___

_____ una macchina nuova.

b. Marisa e Gabriella (*andare*) _____ _____ al bar e (*prendere*)

_____ _____ un gelato.

c. Noi (*prendere*) _____ _____ l'autobus e (*scendere*) _____

_____ alla seconda fermata.

d. Io (*rimanere*) _____ _____ a casa, (*guardare*) ____

_____ la TV e non (*fare*) ____ _____ altro.

e. Io (*andare*) _____ _____ in vacanza in Toscana, (*visitare*) ____

_____ Siena e (*fare*) ____ _____ molte fotografie.

14. Previsioni del tempo.

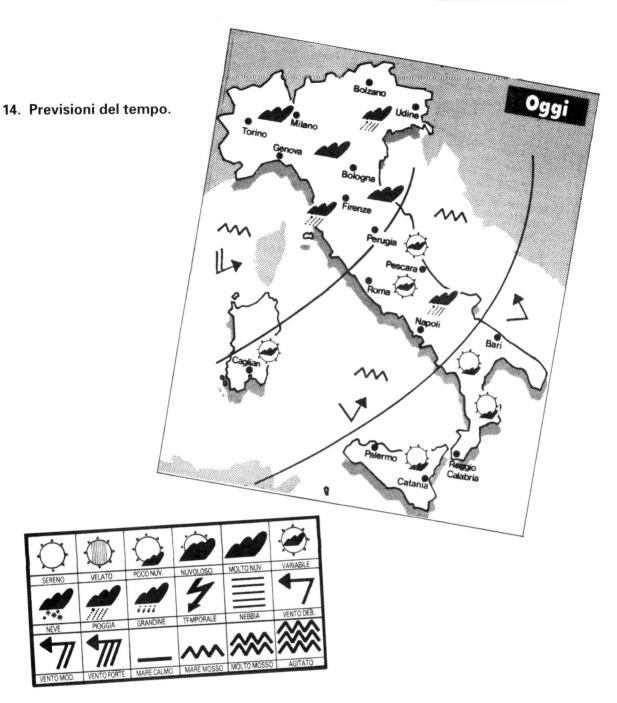

Che tempo fa?

Nel Veneto   ci sono molte nuvole, ma non piove.

A Bologna   il tempo è bello, anche se c'è qualche nuvola.

A Roma   piove da due giorni.

In Sicilia   il tempo cambia continuamente.

15. Completate il testo con i verbi al passato prossimo.

Aldo Turchetti racconta:

Il giorno di Pasquetta _____ in campagna	ANDARE
con la mia famiglia. _____ presto, ma	PARTIRE
già dopo circa 10 chilometri _____	TROVARE
traffico sull'autostrada, così _____	DECIDERE
di prendere la strada statale.	
Dopo un'oretta _____ un posto tranquillo,	VEDERE
ideale per un picnic. _____ la	PARCHEGGIARE
macchina e _____ a preparare tutto,	COMINCIARE
ma proprio in quel momento _____ un pullman	ARRIVARE
pieno di ragazzini e così la pace _____.	FINIRE
_____ a sentire la radio, a cantare,	COMINCIARE
a giocare a palla e a fare tanto rumore che	
_____ andare via.	PREFERIRE
_____ altri posti, ma tutti pieni	VEDERE
di gente. Allora _____ di andare	PENSARE
al ristorante e, dopo un paio di chilometri,	
mia moglie _____ una trattoria.	VEDERE
_____, ma purtroppo neanche là	ENTRARE
_____ posto: tutto prenotato!	TROVARE
Così _____ in città.	RITORNARE
Alle due _____ a casa nostra e	ARRIVARE
_____ il picnic sul balcone.	FARE

16. Completate con *niente* o *nessuno*.

a. Oggi non ho mangiato _____ .

b. Ieri non mi ha telefonato _____ .

c. Questo fine settimana non voglio fare

_____ .

d. Ieri ti ho telefonato, ma non ha risposto

_____ .

e. Io non ho parlato con _____ .

f. Quando andiamo in vacanza, non scriviamo

a _____ .

g. Mario non mi ha raccontato _____ .

h. Non conosco _____ degli amici
di Sergio.

⟳ 16

**17. Completate con *fra*,
fa o *da*.**

a. ____ quanto tempo abiti qui?

b. Sono arrivato a Venezia tre giorni ____ .

c. ____ una settimana cominciano le lezioni
all'università.

d. Due settimane ____ Luisa ha avuto una
bella bambina.

e. Studio l'italiano ____ poco tempo.

f. Franco compie gli anni ____ tre giorni.

g. Il film è cominciato un quarto d'ora ____ .

h. Il museo chiude ____ mezz'ora.

**18. John parla di un suo soggiorno in
Italia. Aiutatelo a completare
il testo.**

Due mesi ____ sono andato in Toscana e ci

_____ rimasto per due settimane. La prima

settimana ho frequentato un _____ intensivo

d'italiano. ___ scuola ho conosciuto tanti

studenti stranieri. Il corso mi ___ piaciuto

molto. La _____ settimana sono stato a Poppi,

vicino ____ Arezzo. Ho abitato a casa di ____

mia amica e quindi non ho pagato _____ .

In Toscana _____ visto la campagna vicino a

Siena e ho _____ molte fotografie. È _____

veramente una bella vacanza.

⇨ 21

19. Ascoltate attentamente il dialogo 18 a pagina 80 (libro di testo) e segnate la sillaba della parola su cui cade l'accento di frase.

▨ Senti / ho due biglietti / per andare a vedere l'Aida / all'Arena.

● Quando?

▨ Domani sera.

● Ah, / domani?

▨ Sì. / Non puoi?

● Veramente avrei un impegno. / Mannaggia! / Ma forse, / forse potrei rimandarlo ...

▨ Ho capito. / Beh, / vedi un po', / sai, / è un'occasione da non perdere ...

● Ma sì, / sì. / Va bene.

▨ Oh, / perfetto, / benissimo.

⇨ 23

20. Ricostruite il dialogo.

Senti, Mario, sabato sera faccio una festa nel mio nuovo appartamento. Vieni anche tu? (1)

Ma ci potete andare un altro giorno, no? Dai, facciamo una bella festa. Ci sono tutti gli amici. (2)

Ma a che ora finisce lo spettacolo? (3)

E che problema c'è allora? Venite dopo il teatro. (4)

Ma no! La festa va avanti tutta la notte! (5)

Allora sì. D'accordo. Ci vediamo verso le dieci o le undici. (a)

Ma non è troppo tardi? (b)

Mah, non so, verso le dieci. (c)

Sabato? Eh, purtroppo non posso, sabato vado a teatro con Giuliana. (d)

Un altro giorno non posso. Sabato è l'ultima volta che c'è lo spettacolo. (e)

21. L'Arena di Verona

L'Arena di Verona è uno dei più grandi anfiteatri romani ancora esistenti. Ha quasi duemila anni, la sua costruzione risale infatti al 50 dopo Cristo. L'Arena ha una forma ovale e all'interno ci sono 44 file di gradini – le gradinate – dove possono trovare posto fino a 22.000 spettatori. Dal 1913 ogni estate, nei mesi di luglio e di agosto, all'Arena ha luogo la stagione operistica, un Open Air Festival unico al mondo. In programma tutti gli anni ci sono opere e balletti, spesso interpretati da artisti molto noti, ed inoltre l'Aida, una delle opere più famose di Giuseppe Verdi.

Gli spettacoli cominciano di solito alle nove, quando è già sera. Le persone che hanno i biglietti per le gradinate però entrano anche due o tre ore prima per occupare i posti migliori e, mentre aspettano, parlano, guardano il programma, mangiano, bevono e qualche volta cantano anche. Chi ha un posto numerato o una poltrona entra invece pochi minuti prima dello spettacolo. Quando l'orchestra comincia a suonare, tutti gli spettatori accendono una candelina e l'Arena resta illuminata per alcuni minuti. Uno spettacolo veramente unico.

Durante le pause ci sono dei ragazzi che passano fra gli spettatori e vendono delle bibite o dei panini. Qualche volta sembra quasi di essere in uno stadio.

Insomma, andare a vedere un'opera all'Arena non è come vederla in un altro teatro, perché lo spettatore è in un certo senso anche un po' attore.

Vero o falso? v f

a. L'Arena è il più grande anfiteatro romano ancora esistente. ❑ ❑

b. All'Arena di Verona la stagione operistica va da giugno a settembre. ❑ ❑

c. Nel programma della stagione operistica all'Arena c'è sempre l'Aida. ❑ ❑

d. Tutti gli spettatori entrano alcune ore prima dello spettacolo per trovare posto. ❑ ❑

e. Durante lo spettacolo gli spettatori mangiano e parlano come allo stadio. ❑ ❑

In treno o in aereo?

⇨ 2

**1. Ascoltate attentamente il dialogo 2 a pagina 86 (libro di testo)
e segnate la sillaba della parola su cui cade
l'accento di frase.**

▨ Senta, / io vorrei qualche informazione.
● Benissimo, / dica pure.
▨ Che possibilità ci sono per andare a Monaco di Baviera?
● Come? / In treno / o in aereo?
▨ Quanto costa in aereo?
● Mah. / In aereo / ci sono diverse tariffe. / Le più economiche /
sono tutte intorno al mezzo milione.
▨ Mezzo milione? / No, / per me è troppo.

⇨ 4

2. Ricostruite il dialogo.

Sì.   Dunque, in aereo viene 430.000 lire.

È la tariffa più economica?

Che possibilità ci sono per andare a Parigi?

No, in aereo. Quanto costa il biglietto?
                                                In treno?

3. Completate con *qualche* oppure con *dei, delle, degli*.

a. Ho comprato _____ pomodori e _____ bottiglia di vino.

b. Abbiamo passato _____ giorno in montagna.

c. A Firenze ho conosciuto _____ studenti simpatici.

d. A colazione ho mangiato solo _____ biscotto.

e. Ha _____ giornali tedeschi?

f. C'è ancora _____ posto libero?

g. Hai _____ libri di Umberto Eco?

h. In frigorifero ci sono _____ uova.

4. *Ci vuole* o *ci vogliono*?

(⇨ 6)

a. Per arrivare in centro _____ 10 minuti.

b. Per dormire in albergo _____ un documento.

c. Per andare in aereo da Roma a Monaco _____ circa mezzo milione.

d. In treno _____ un sacco di tempo.

e. Da Venezia a Milano in macchina _____ circa tre ore.

f. Per fare bene questo lavoro _____ tre giorni.

g. Per viaggiare in Eurocity _____ il supplemento.

5. Completate con *c'è* o *ci sono*.

(⇨ 9)

a. Non _____ una tariffa più economica?

b. Può vedere se _____ cuccette libere?

c. Che treni _____ per Trieste?

d. _____ un posto vicino al corridoio?

e. _____ solo una cuccetta in alto.

f. Sulla nave per Napoli non _____ cabine libere.

g. La mattina _____ soltanto un treno per Padova.

h. Da Roma ad Amsterdam non _____ treni diretti.

i. Mi scusi, _____ uno scompartimento libero?

j. _____ posti in vagone letto?

6. Completate il dialogo con i seguenti verbi.

> arriva – c'è – ci sono – dispiace – parte – parto – può – vuole

Impiegato: Quando _____ partire?

Cliente: Dopodomani sera.

Impiegato: Va bene.

Cliente: _____ guardare se _____ una cuccetta?

Impiegato: No, mi _____, non _____ cuccette.

Cliente: Allora _____ la mattina. A che ora _____ il treno diretto?

Impiegato: Alle 7.06 e _____ a Bari alle 13.17.

⟳ 13

7. Quali preposizioni mancano?

Impiegato: Buongiorno. Desidera?

Cliente: Vorrei andare ___ Milano.

Impiegato: ____ treno o ____ aereo?

Cliente: ____ treno. Che treni ci sono?

Impiegato: Vuole partire ____ giorno o ____ sera?

Cliente: ____ sera.

Impiegato: Allora c'è un treno che parte _____ 22.55 e arriva _____

Milano _____ 6.33.

Cliente: Perfetto.

TRAINS AU DEPART / TRAIN DEPARTURES	TRENI IN PARTENZA	TRENES EN SALIDA / ZUG-ABFAHRTEN

8. Ricostruite il dialogo.

a. Che treni ci sono per Vienna?	Allora più presto c'è un treno che parte alle 7.00 e arriva a Vienna alle 15.47. (**1**)
b. Di mattina, ma non troppo presto.	Di sera c'è un treno che parte alle 20.50 e arriva la mattina dopo alle 6.51. (**2**)
c. È troppo tardi. E più presto?	Sì, un momento. No, non ci sono. Guardiamo se ci sono ancora posti in vagone letto? (**3**)
d. No, è troppo presto. E di sera?	Quando vuole partire? (**4**)
e. Può vedere se ci sono due cuccette?	Dunque … c'è un treno che parte alle 10.27 e arriva a Vienna alle 18.40. Però parte da Mestre, non da Venezia. (**5**)
f. Sì.	

9. Completate con *bisogna, ci vuole* o *ci vogliono*.

a. A Bologna _____ aspettare tre quarti d'ora.

b. Da Firenze a Bologna _____ un'ora e mezza.

c. Per il biglietto in aereo _____ circa mezzo milione.

d. In aereo _____ circa un'ora, in treno invece _____ 12 ore.

e. Per l'Intercity _____ pagare il supplemento rapido.

f. Per andare in Marocco _____ il passaporto.

g. Per Cortina non ci sono treni, _____ prendere l'autobus.

⇨ 15

10. Inserite le parole mancanti nelle corrispondenti caselle. In quelle evidenziate si leggerà il nome di un famoso treno.

1. Per l'Eurocity bisogna pagare il ... rapido.

2. Se dovete viaggiare di notte e volete dormire in treno senza spendere molto, dovete prendere una ...

3. Per essere sicuri di avere un posto in treno bisogna fare la ...

4. Se non voglio cambiare devo prendere un treno ...

5. Tre posti in uno ... per fumatori, per favore.

6. Il ... di andata e ritorno costa 62.000 lire.

7. La ... più economica in aereo viene intorno al mezzo milione.

8. Chi non può spendere molto deve viaggiare in ... classe.

9. Se non trovi posto in uno scompartimento, devi fare il viaggio in piedi in ...

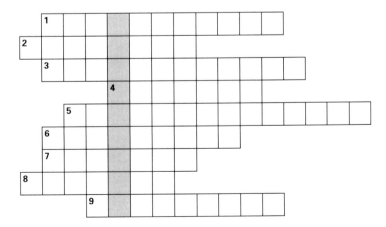

69

11. Completate coniugando i verbi al passato prossimo.

Il signor De Cesari racconta:

Il mese scorso (*essere*) _____ _____ all'estero per lavoro. (*Andare*)

_____ _____ in Germania. (*Partire*) _____ _____con l'aereo

e (*arrivare*) _____ _____ a Monaco di Baviera. Qui (*restare*)

_____ _____ due giorni; poi con il treno (*arrivare*) _____

_____ fino ad Amburgo dove (*partecipare*) _____ _____

a un congresso. Quando il congresso (*finire*) _____ _____, (*ritornare*)

_____ _____ in Italia, ma prima (*passare*) _____ _____ due

giorni di vacanza a Vienna.

Che cosa racconterebbero   Roberta
                                   Giorgio e Sandra
                                   Pietro e Lucia?

_____

_____

_____

_____

_____

_____

_____

_____

_____

_____

_____

_____

_____

12. Leggete il seguente testo.

TRENI E SPAGHETTI

Come si viaggia in treno in Italia? Bene o male, dipende dai treni e dalle circostanze. Se si vuole viaggiare da una città importante a un'altra ugualmente importante, normalmente non ci sono problemi. I treni sono frequenti e partono e arrivano quasi sempre in orario o con ritardi minimi. I problemi cominciano quando si parte da una piccola stazione o si vuole arrivare in un piccolo centro, perché i collegamenti ferroviari non sempre sono buoni: spesso, infatti, si deve cambiare treno e attendere la coincidenza. Ci sono inoltre diverse città che non sono collegate alla rete ferroviaria. Per incoraggiare il trasporto privato, negli anni '60 lo stato italiano ha favorito la costruzione di autostrade, ma non quella di linee ferroviarie. Per chi vuole raggiungere una piccola città è meglio quindi prendere la macchina oppure un autobus, la cosiddetta corriera, che sostituisce efficacemente il trasporto ferroviario, ma che risente spesso del problema del traffico. Se viaggiare in treno non è sempre pratico, in compenso le tariffe ferroviarie sono abbastanza economiche. Viaggiare in treno in Italia costa molto meno che in Germania, in Austria o in Svizzera. Per il resto i treni italiani non sono troppo diversi da quelli degli altri paesi europei. Una differenza però c'è. Nei vagoni ristorante dei treni italiani si possono mangiare generosi piatti di spaghetti o di altri tipi di pasta. Naturalmente la qualità della cucina non è ottima e non sempre gli spaghetti sono al dente, ma non si deve dimenticare che in fondo si è in un treno e non in un ristorante di lusso (anche se questo è quello che spesso si pensa quando alla fine arriva il conto).

Vero o falso?

		v	f
a.	In Italia è problematico viaggiare in treno fra due città importanti.	❑	❑
b.	Viaggiare in treno fra due piccoli centri non è sempre facile.	❑	❑
c.	Negli anni '60 lo Stato italiano ha costruito molte linee ferroviarie.	❑	❑
d.	Gli spaghetti nei vagoni ristorante non sono buoni come nei ristoranti di lusso.	❑	❑

20

13. Completate secondo il modello.

> In Austria (*parlare*) <u>si parla</u> il tedesco.
> In Italia (*parlare*) <u>si parlano</u> molti dialetti.

a. In quel negozio (*vendere*) _____ delle belle scarpe.

b. A Roma spesso (*prendere*) _____ la macchina anche per andare a comprare le sigarette.

c. In Alto Adige (*parlare*) _____ l'italiano e il tedesco.

d. Il biglietto (*potere*) _____ fare anche in treno, ma costa di più.

e. Quando Mario parla in dialetto, non (*capire*) _____ niente.

f. In Italia (*guardare*) _____ molto la televisione, ma (*andare*) _____ anche abbastanza spesso al cinema.

g. Nell'Intercity (*dovere*) _____ pagare il supplemento.

14. Completate le frasi con *qualche*, *alcuni* o *alcune*.

a. Solo in _____ autostrade italiane non si paga il pedaggio.

b. _____ treni hanno solo la prima classe.

c. Può vedere se c'è ancora _____ cuccetta libera?

d. Al corso d'italiano ho conosciuto _____ persone simpatiche.

e. Ho comprato _____ giornale e _____ cartoline.

f. Conosci _____ ristorante buono ma economico?

Ti fermi a pranzo?

⇨ 3   **1. Stefano telefona a Maria. Completate il dialogo con le parole mancanti.**

☐ Pronto.

△ Maria?

☐ Sì, ____ parla?

△ _____ Stefano.

☐ Stefano! Come _____?

△ Bene, grazie e ___?

☐ Eh, non c'è _____. Ma dove ___?

△ Sono ___ un bar ___ piazza Mercadante.

☐ Ah, qui vicino.

△ Sì. Allora ho pensato di _____ un salto a casa tua. Posso?

☐ Ma certo!

△ Bene, allora arrivo ____ mezz'ora.

☐ ____ mezz'ora?!

△ Sì, prima devo _____ qualcosa al supermercato.

☐ D'accordo. ____ mezz'ora allora.

△ Sì, ciao!

2. Completate le frasi con le preposizioni mancanti.

a. Sono ____ un chilometro ____ casa tua.

b. Ti aspetto ____ casa.

c. Arriviamo ____ voi ____ mezz'ora.

d. ____ casa mia ____ casa vostra ci sono circa 10 km.

e. Il film comincia ____ un'ora.

f. Resto ancora due giorni ____ Roma.

g. Il treno parte ____ 10 minuti.

h. Posso fare un salto ____ te?

i. Il ristorante è ____ pochi passi ____ Piazza di Spagna.

j. Venite ____ noi questa sera?

5

3. Unite le domande alle risposte.

a. Perché non vieni a cena da noi?

b. Franco, posso fare un salto da te?

c. Possiamo fare un salto da voi nel pomeriggio?

d. Avvocato, posso venire da Lei domani mattina?

e. Sandro può venire da te per quel libro?

f. Oggi non vi fermate a pranzo da noi?

Sì, La aspetto verso le dieci, va bene? (1)

No, ci dispiace, ma abbiamo già un impegno. (2)

Mi dispiace, ma stasera devo stare a casa. Aspetto un amico. (3)

Sì, ma lo aspetto fino alle due, poi devo uscire. (4)

Sì, vieni, ti aspetto. (5)

Certo, venite, vi aspettiamo. (6)

4. Leggete il testo e rispondete quindi alle domande.

Telefonare in Italia

Per telefonare da un telefono pubblico bisogna innanzitutto avere delle monete da 100, 200 o 500 lire, dei gettoni o una carta telefonica. Gettoni (che si usano sempre meno) e carte telefoniche (sempre più in uso) si possono acquistare presso la Telecom (da dove è anche possibile telefonare a scatti), nelle tabaccherie e, a volte, nelle edicole o nei bar. L'uso dei vari mezzi di pagamento è normalmente specificato sugli apparecchi stessi, presenti in cabine e nicchie telefoniche, o presso esercizi pubblici come bar, tabaccherie, ristoranti, autogrill etc. La presenza di un telefono in questi posti è normalmente indicata da un'insegna esposta fuori dall'esercizio. La Telecom è una società privata. Per questo in Italia non è possibile telefonare dagli uffici postali.

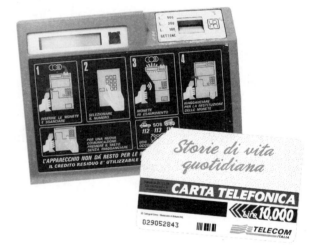

a. Cosa ci vuole in Italia per telefonare da un telefono pubblico?

b. Da dove è possibile telefonare?

c. Da cosa si può capire se in un bar c'è un telefono pubblico?

d. Perché in Italia non è possibile telefonare da un ufficio postale?

5. Fate le domande e rispondete secondo il modello.

> ● Senti, _ti fermi a pranzo_?   ■ Mi dispiace, non posso. Magari _un'altra volta_.

a. andiamo al cinema stasera?

b. mi porti alla stazione?

c. mi aiuti a riparare la bicicletta?

d. mi chiami oggi pomeriggio?

e. facciamo jogging stasera?

f. facciamo una partita a tennis domani?

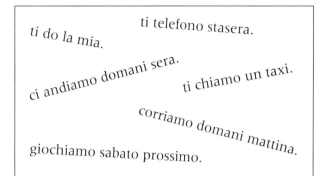

ti do la mia.
ti telefono stasera.
ci andiamo domani sera.
ti chiamo un taxi.
corriamo domani mattina.
giochiamo sabato prossimo.

 7

6. Completate le frasi inserendo i verbi sottostanti al presente progressivo (_stare_ + gerundio).

> ascoltare   fare   scrivere   guardare   parlare
> suonare   leggere   prendere   preparare   riparare

a. Carlo è in camera sua, _____ un libro.

b. Ciao Mario. Adesso arrivo. Sono in garage, _____ la bicicletta.

c. Carla è in soggiorno, _____ un disco di musica classica.

d. Sergio è in camera sua, _____ la chitarra.

e. Siamo in cucina, _____ il pranzo.

f. Carla è in bagno, _____ la doccia.

g. Mario e Aldo sono in soggiorno, _____ la partita alla televisione.

h. Ti telefono più tardi, adesso _____ una lettera.

i. Caterina è in camera sua, _____ al telefono con Marta.

j. Giulia è in terrazza, _____ il sole.

7. Completate le frasi con il presente progressivo.

partire	ballare	andare in bicicletta	leggere il giornale
cucinare	fare jogging	riparare la macchina	
aspettare l'autobus	guardare la TV	giocare a calcio	

a. Il signor Rossi _____ _____   **b.** Marco _____ _____   **c.** Anna e Maria _____ _____   **d.** Corrado _____ _____

e. Giorgio _____ _____   **f.** Stefano _____ _____   **g.** Giovanni _____ _____

h. Antonio _____ _____   **i.** Sandro e Piero _____ _____   **j.** Riccardo e Marina _____ _____

⇨ 8

8. In questa lettera Giorgio ha dimenticato le seguenti parole. Inseritele voi nel testo.

(come)   (infatti)   (magari)   (perché)   (purtroppo)   (quando)

Carissimi,
ieri siamo arrivati qui all'Isola del Giglio e per fortuna abbiamo trovato una camera in un piccolo albergo molto tranquillo. _____ possiamo rimanere qui solo ancora tre giorni, _____ in agosto le camere sono già tutte prenotate. Il posto mi piace molto e _____ ho deciso di tornarci anche l'anno prossimo, _____ in maggio o in giugno, _____ l'isola è ancora più tranquilla ed i prezzi non sono alti _____ adesso.

A presto.   Giorgio

⇨ 12

9. Completate il testo coniugando i verbi al presente.

Alberto Mancini _____ presto. _____ e_____ colazione, poi _____ e _____ l'autobus che lo _____ al lavoro. Alle cinque _____ di lavorare, _____ l'autobus, _____ a casa, ma prima _____ al supermercato per fare un po' di spesa. Alle sei e mezzo _____ finalmente a casa; qui _____ una doccia e poi, prima di mangiare, _____ la televisione. Alle otto _____ qualcosa: due uova fritte e un piatto di insalata, poi _____ di nuovo davanti al televisore, ma alle dieci _____ a letto e _____ subito.

svegliarsi / alzarsi / fare

uscire / aspettare

portare / finire / prendere

ritornare / passare

arrivare

farsi / guardare

mangiare

mettersi

andare / addormentarsi

77

LEZIONE 8

10. Unite le frasi secondo il modello.

> Ti diverti al mare?   No, anzi mi annoio da morire.

a. Sei uscito ieri?   fa molto caldo. (1)
b. Hai ancora fame?   ho mangiato anche troppo. (2)
c. Hai lavorato molto?   ci divertiamo. (3)
d. Vi annoiate in campagna? è arrivato in perfetto orario. (4)
e. È un libro noioso?   sono restato tutto il giorno a casa. (5)
f. Fa freddo lì da voi oggi?   è molto avvincente. (6)
g. È arrivato in ritardo il treno? non ho fatto niente tutto il giorno. (7)

11. Completate le frasi con i seguenti verbi.

> addormentarsi – alzarsi – annoiarsi – chiamarsi – fermarsi –
> incontrarsi – sentirsi – trovarsi

a. ▷ Come _____ il ragazzo di   □ Aldo.
Patrizia?

b. ▷ A che ora _____ i bambini?   □ Di solito alle 7.00.

c. ▷ Da quanto tempo _____ male   □ Da ieri sera.
Pierino?

d. ▷ La sera _____ subito?   □ No, prima di addormentarmi leggo sempre
un po'.

e. ▷ Non _____ qui in campagna?   □ No, anzi qui abbiamo tanti amici.

f. ▷ _____ a cena stasera?   □ No, mi dispiace, ma ho un impegno.

g. ▷ Come _____ a Roma, signora?   □ Benissimo. Roma mi piace molto.

h. ▷ _____ al bar Jolly o davanti   □ È meglio se vieni all'università.
all'università?

⇨ 16 **12. Coniugate i verbi alla forma necessaria, facendo attenzione a usare il presente, il passato prossimo o il presente progressivo.**

Cara Maria,

qui in campagna _____ proprio bene e   trovarsi

finalmente _____. Che pace! Che   riposarsi

silenzio! Eh sì, dopo un anno di lavoro e di stress

una bella vacanza _____ . Così   volerci

la mattina _____ tardi e poi, dopo una   alzarsi

bella colazione, _____ in giardino e   mettersi

resto lì tutta la mattina e leggo. Adesso, per

esempio, _____ «Il nome della rosa»   leggere

che è un libro davvero avvincente.

Mio marito invece _____ le giornate in   passare

tutt'altro modo. Lo conosci no? Lui _____   svegliarsi

già alle sei e fino alle nove fa jogging, e non

_____ un momento: adesso, per esempio, è   fermarsi

in garage e _____ la bicicletta.   riparare

La sera qualche volta _____ in paese, ma più   andare

spesso _____ a casa a guardare la   restare

televisione. Insomma _____ questa   godersi

tranquillità. Qualche volta _____ qualche   vedere

amico; per esempio Roberto _____   telefonare

un quarto d'ora fa. Ecco, proprio adesso _____   arrivare

_____ (ho sentito la macchina) e _____   suonare

_____ alla porta. Beh, continuo dopo …

13. Completate il testo con i verbi al presente.

La mattina in casa Farinelli

Letizia Farinelli abita con il marito e i due figli in un piccolo
appartamento con un solo bagno e naturalmente ogni mattina
ci sono dei problemi. Letizia racconta:

Io _____ alle 7.00, quando _____ la	svegliarsi – suonare
sveglia. _____ subito e _____ di	alzarsi – cercare
essere la prima ad andare in bagno. Dopo	
dieci minuti _____ anche Giacomo, mio	alzarsi
marito. Mentre lui _____ la barba,	farsi
io _____ in cucina e _____ il	andare – preparare
caffè, poi _____ in camera da	andare
letto e _____. Intanto _____	vestirsi – svegliarsi
anche Renata. Quando mio marito _____	uscire
dal bagno, lei _____ già pronta ad entrare,	essere
_____ dentro e ci _____ almeno per	chiudersi – restare
mezz'ora. Renata adesso _____ il ragazzo e	avere
non _____ di casa se non _____ bellissima.	uscire – essere
Così ogni mattina _____ la doccia,	farsi
_____ i capelli, poi _____,	asciugarsi – truccarsi
_____ e _____ la sua musica	pettinarsi – ascoltare
preferita. Intanto _____ anche	alzarsi
Leonardo che _____ perché _____	arrabbiarsi – essere
già quasi le otto e il bagno _____ ancora	essere
occupato. Per fortuna lui _____ in	sbrigarsi
cinque minuti, poi _____ i jeans e un	mettersi
pullover, _____ un bicchiere di latte ed	bere
_____ subito pronto per andare a scuola.	essere

14. Leggete il testo e indicate poi se le affermazioni successive sono vere o false.

In occasione di particolari cerimonie come battesimo, prima comunione o nozze, in Italia si regalano a parenti ed amici i confetti. Si tratta di piccoli dolci di zucchero che hanno dentro una mandorla e che sono generalmente chiusi in un sacchetto di tulle e accompagnati da un bigliettino con il nome del festeggiato e con la data dell'avvenimento.
Durante il rinfresco di un matrimonio, per esempio, gli sposi danno agli invitati un sacchetto di confetti bianchi, per ringraziarli della loro presenza. Tutte le persone che hanno fatto un regalo ricevono inoltre, qualche giorno dopo, ancora dei confetti, questa volta però in una bomboniera, cioè in un piccolo oggetto, generalmente d'argento o di porcellana. In ogni bomboniera o in ogni sacchetto i genere ci sono cinque o sette confetti perché, secondo molti, il numero dispari porta fortuna. Anche in occasione della prima comunione i confetti sono bianchi, mentre sono rosa per il battesimo di una bambina o celesti per quello di un bambino.
Una tradizione che si sta invece perdendo, e che resiste oggi solo nelle famiglie più tradizionali, è quella di regalare un sacchetto di confetti verdi in occasione di un fidanzamento o rossi dopo l'esame di laurea.

Vero o falso?   v   f

a. Nei giorni di festa in Italia si regalano i confetti. ❏ ❏

b. Tutte le persone che partecipano al rinfresco di nozze ricevono un sacchetto di confetti. ❏ ❏

c. In un sacchetto ci sono in genere sei confetti. ❏ ❏

d. Per la prima comunione i confetti sono bianchi. ❏ ❏

e. Solo poche persone regalano i confetti in occasione di un fidanzamento. ❏ ❏

Che cosa ci consiglia?

(⇨ 3)   **1. Ricomponete il dialogo.**

○ Grazie, però c'è un problema: al telefono io ho detto che siamo in sei e invece adesso siamo in otto.

○ A che nome, scusi?

○ Ecco, questo è il tavolo.

○ Ah bene, grazie mille.

○ Buonasera, ho un tavolo prenotato.

○ Non fa niente. Possono accomodarsi a questo tavolo qui che è più grande.

○ Rossi.

2. In questi due ristoranti i camerieri si rivolgono ai clienti in modo diverso. Nella trattoria Stella si usa il *Voi*, nel ristorante Vesuvio si usa invece il *Loro*. Completate le frasi avendo come modello quelle accanto.

■ Buonasera. Abbiamo prenotato un tavolo per due persone.

◆ Ecco. Questo è il tavolo. Prego. Si accomodino!

◆ Per cominciare vogliono provare l'antipasto della casa?

◆ I signori _____
_____

◆ Di secondo cosa preferiscono?

◆ _____

◆ Desiderano altro?

◆ Ecco. Questo è il tavolo. Prego, accomodatevi!

◆ _____
_____

◆ Avete già scelto il primo?

◆ _____

◆ Da bere che cosa prendete?

◆ _____

E come si rivolge il cameriere a un cliente che entra da solo al ristorante?

⇨ 5

3. Come si chiamano gli 11 «primi piatti» nascosti?

```
A S F O R M A T O V O R I
P M A C C H E R O N I G R
U L O T O R T E L L I N I
R R I G A T O N I G H O P
L I N G U I N E L O O C E
G U L R I S O T T O H C N
L A S A G N E T G E D H N
O I S P A G H E T T I I E
```

⇨ 6

4. Completate le frasi con *benissimo* / *buonissimo* (*-a*, *-i*, *-e*).

a. Mia madre sta _____, grazie.

b. Questi spaghetti sono _____.

c. Franco parla _____ il tedesco.

d. Qui si mangia _____.

e. _____ queste trenette al pesto!

f. Paolo lo conosco _____.

g. Non si preoccupi, il mio cane è _____.

h. Questa carne è veramente _____.

5. Completate le frasi con *lo*, *la*, *li*, *le*, *ne*.

a. No, non ci sono orecchiette oggi. Le

orecchiette ___ facciamo solo il lunedì.

b. In questo ristorante io il pesce ___ consiglio

sempre.

c. Le trenette al pesto sono ottime, ___ vuole?

d. Se il pesce è fresco, allora ___ prendo

volentieri.

e. Come sono i maccheroni alla siciliana?

Non ___ conosco.

f. Per me spaghetti alla carbonara, però ___

vorrei mezza porzione.

g. I tortellini sono ottimi, però per me sono

troppi. ___ vuoi un po'?

h. La trippa ___ facciamo solo il sabato.

i. Va bene, provo i crostini, ma ___ vorrei

solo due.

6. Completate il dialogo.

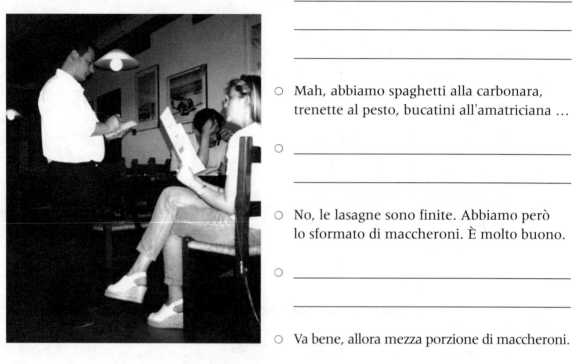

○ _____
_____
_____

○ Mah, abbiamo spaghetti alla carbonara, trenette al pesto, bucatini all'amatriciana ...

○ _____
_____

○ No, le lasagne sono finite. Abbiamo però lo sformato di maccheroni. È molto buono.

○ _____
_____

○ Va bene, allora mezza porzione di maccheroni.

⇨ 9 **7. Completate le frasi con gli articoli partitivi (*di* + gli articoli determinativi).**

a. Di secondo abbiamo _____ involtini che sono molto buoni.

b. Oggi vorrei mangiare _____ pesce.

c. Io preferisco prendere _____ verdura.

d. Non avete qualcosa di diverso? Non so _____ melanzane,_____ fagioli o _____ asparagi?

e. In questo ristorante fanno _____ rigatoni favolosi.

f. Di contorno vorrei _____ patate.

g. Ci porta _____ vino, per favore?

h. Con l'arrosto vi posso consigliare _____ Barolo, oppure abbiamo anche _____ ottimo Barbera.

⇨ 10

8. Ascoltate il dialogo 10 a pagina 118 (libro di testo) e segnate la sillaba della parola su cui cade l'accento di frase.

○ Che cos'è questo pollo al mattone?
△ Ah, / è buonissimo, signora! / È un pollo cotto al forno, / però in una ciotola di terracotta. / Prende un sapore molto speciale, / particolarissimo.
○ Sì, / sì, / va bene. / Proviamo questo pollo al mattone.

9. La vita di un vip. Completate il testo con il superlativo assoluto.

Il signor Bengodi si può definire proprio un vip.

Infatti abita in un appartamento _____,

ha una macchina _____ e frequenta

persone _____ come lui. Tutte le estati va in

vacanza in posti _____ come le Maldive o le

Barbados. Lì abita in alberghi _____.

Di giorno prende il sole su spiagge _____

e la sera va a ballare in locali _____ dove

incontra donne _____. Il signor Bengodi

è sempre _____: porta vestiti di stilisti

_____ e al polso ha un orologio

_____. Quando non è in vacanza, è sempre

_____, perché naturalmente lavora

_____ e la sera va a letto _____.

Insomma, il signor Bengodi fa una vita _____.

grande
veloce
ricco
lontano
lussuoso
bianco
elegante
bello
elegante
famoso
costoso
occupato
molto / tardi
intenso

15

10. Completate la ricetta con i pronomi necessari.

ORECCHIETTE ALLA PUGLIESE (PER 4 PERSONE)

gr. 400 di orecchiette, gr. 500 di pomodori, due mazzetti di rucola, due o tre spicchi d'aglio, un peperoncino, sale, olio, pecorino o parmigiano.

Pelare i pomodori e tagliar__ a pezzetti. Tagliare l'aglio a fettine sottili e far__ appena dorare in un tegame con un po' d'olio. Aggiungere il peperoncino e poi i pomodori. Regolare il sale e fare cuocere per circa dieci minuti. Lavare la rucola, tagliar__ grossolanamente e aggiunger__ alla salsa di pomodoro. Mescolare e fare cuocere ancora un quarto d'ora. Intanto cuocere le orecchiette in abbondante acqua salata. Quando sono al dente, scolar__ e unir__ alla salsa. Servir__ con pecorino grattugiato (o eventualmente parmigiano).

 22

11. Completate lo schema con le forme necessarie.

io	_____ giacca	_____ cappotto	le mie scarpe	_____ guanti
tu	_____ valigia	il tuo lavoro	_____ chiavi	i tuoi giornali
lei	la sua macchina	_____ posto	_____ amiche	_____ amici
lui	_____ bicicletta	_____ accendino	_____ colleghe	i suoi colleghi
Lei	la Sua professione	_____ nome	le Sue vacanze	_____ parenti
noi	_____ città	il nostro paese	_____ ferie	_____ libri
voi	la vostra casa	_____ garage	_____ borse	_____ gatti
loro	_____ festa	_____ ufficio	le loro camere	_____ viaggi

Questo è Paolo
con la sua bambina.

Questa è Annamaria
con i suoi bambini.

Questi sono Rita e Gino
con la loro bambina.

12. Completate con *suo*, *loro* e gli articoli determinativi.

a. Stamattina ho incontrato Giovanni con _____ amici.

b. Ecco _____ tavolo. Si accomodino!

c. Prego, signora, _____ tavolo è quello.

d. Chiara e Antonietta sono venute con _____ genitori.

e. Laura ha fatto una festa per _____ compleanno.

f. Le piace _____ lavoro, signor Rinaldi?

g. Non riesco a parlare con Matteo. _____ telefono è sempre occupato.

h. Gli insegnanti oggi vanno al museo con _____ studenti.

13. Alfredo racconta cosa ha fatto durante il fine settimana. Inserite gli aggettivi possessivi necessari.

Sabato scorso sono andato a trovare Giovanna e _____ marito nella

_____ casa di campagna. Abitano lì con _____ figlio. La mattina

Giovanna si alza tardi, poi si mette in giardino e legge _____ libri

preferiti. Di pomeriggio fa qualche passeggiata con _____ famiglia

oppure va a trovare _____ amiche o _____ parenti che abitano lì

vicino. La sera Giovanna e _____ marito giocano a carte con

_____ amici, guardano la televisione o ascoltano _____ musica

preferita.

14. Roberto parla delle sue vacanze in un villaggio turistico. Inserite gli aggettivi possessivi necessari.

Quest'estate _____ moglie ed io abbiamo deciso di passare

_____ vacanze in un club, anche perché vogliamo riposarci e

questo non è sempre possibile quando si ha famiglia. Qui infatti

_____ figli sono indipendenti e giocano con _____ nuovi

amici. Al club _____ moglie ed io possiamo finalmente organizzare

_____ giornate come vogliamo perché ognuno è libero di seguire

_____ ritmi e di dedicarsi ai _____ sport preferiti o anche

di restare a dormire nella _____ camera.

15. Completate con gli aggettivi possessivi.

a. Ieri sono andato da Paolo, così finalmente ho conosciuto _____ moglie.

b. Carlo, mi presenti _____ amici?

c. Allora ragazzi, qual è _____ idea?

d. No, signor Rossi, questa volta non ho seguito _____ consigli.

e. Ieri ho incontrato Marco con _____ padre e _____ madre.

f. Qual è _____ macchina, signora?

g. Carla e Marco sono veramente ricchi. Hai visto com'è bello _____ appartamento?

h. Mariella ha molti problemi con _____ lavoro.

i. _____ cane, signor Rinaldi, questa notte ha svegliato tutti.

j. Marta e Giuliana mi hanno presentato _____ genitori.

16. Mangiar fuori in Italia.

Ristorante, osteria (a volte hosteria o hostaria), trattoria. Dov'è la differenza? Il più delle volte solo nel nome. Un locale che si definisce osteria può essere più caro di uno che si chiama ristorante. Quindi, se non volete avere brutte sorprese, guardate il menù esposto fuori, altrimenti correte il rischio di pagare un conto salatissimo.

Andare al ristorante in Italia significa voler mangiare diversamente da come di solito si mangia a casa. In Italia un pranzo (o una cena) al ristorante è perciò un'occasione per consumare un pasto completo, e cioè: antipasto, primo, secondo e contorno, e non uno solo di questi piatti come invece pensano di poter fare molti turisti. Vi sembra troppo? E allora saltate l'antipasto, non prendete il contorno, oppure chiedete solo mezza porzione di primo o se preferite, andate a mangiare in una pizzeria o in una tavola calda o in un fast-food, come è di moda da qualche anno.

Un turista può restar sorpreso al momento di pagare. Infatti sul conto, oltre a quello che ha mangiato, sono segnate spesso due voci: coperto e servizio. Quest'ultimo quindi è già compreso nel prezzo; se tuttavia il cliente è soddisfatto, lascia comunque al cameriere la mancia, cioè un po' di soldi in più.

Per legge in Italia tutti i ristoranti devono rilasciare la ricevuta fiscale; riceverla, dunque, è un vostro diritto, e chiederla è un vostro dovere. Non lo dimenticate quando siete in Italia.

Vero o falso?

		v	f
a.	L'osteria è sempre meno cara del ristorante.	❏	❏
b.	Un italiano non va al ristorante per mangiare solo un piatto di spaghetti.	❏	❏
c.	La mancia e il servizio sono la stessa cosa.	❏	❏
d.	Il cliente deve sempre richiedere alla fine del pasto la ricevuta fiscale.	❏	❏

Hai portato tutto?

⇨ 3

1. Scrivete le domande o le risposte necessarie usando
qualcuno, nessuno, già e *non … ancora.*

a. ○ _____?

△ No, non ha ancora incontrato nessuno.

b. ○ Avete già visto qualcuno?

△ No, _____.

c. ○ _____?

△ No, non hanno ancora conosciuto nessuno.

d. ○ Hai già chiamato qualcuno?

△ No, _____.

e. ○ _____?

△ No, non ho ancora invitato nessuno.

f. ○ Avete già aiutato qualcuno?

△ No, _____.

2. *Qualcuno* o *nessuno?*

a. Non voglio vedere _____.

b. Paolo, ti ha telefonato _____, ma non ha detto il nome.

c. _____ ha certamente visto tutto.

d. Questo è un problema mio. Non mi può aiutare _____.

e. Qui non mi conosce _____.

f. Mario è veramente una persona speciale. Non c'è _____ come lui.

g. C'è _____ che sa se c'è una farmacia aperta qui vicino?

h. È un segreto. Non sa niente _____.

i. Sono sicuro che _____ ti può aiutare.

j. Tu mi ricordi _____ che ho conosciuto molti anni fa.

3. Completate con *già* o *ancora.*

a. Non ho _____ finito quel lavoro.

b. Dio mio! Sono _____ le sei!

c. Non so _____ cosa faccio quest'estate.

d. Hai _____ visto questo film?

e. Il film non è _____ cominciato.

f. Sei _____ stato in America?

⇨ 5

4. Oggi Paola ha invitato tre amici a cena. Ha cominciato ad apparecchiare ma sua madre ha telefonato. Adesso vuole continuare. Cosa manca sul tavolo?

Manca _____

Mancano _____

⇨ 7

5. Rispondete alle domande secondo il modello.

> – Quando hai visto quel film?   – *L'ho visto* giovedì.

a. Dove hai messo le chiavi?

_____ nel cassetto.

b. Quando hai preso il treno?

_____ ieri sera.

c. Quando hai riparato la bicicletta?

_____ stamattina.

d. Dove hai visto quella commedia?

_____ al teatro

Argentina.

e. Chi ha scritto questa lettera?

_____ la segretaria.

f. Dove hai comprato quegli stivali?

_____ a Milano.

g. Dove hai parcheggiato la macchina?

_____ davanti

all'edicola.

h. Dove avete conosciuto Marco e Giuseppe?

_____ a casa di

Stefano.

i. Chi ha preso la macchina?

_____ il dottor

Lorenzi.

6. Completate le domande con i verbi qui sotto.
   Scrivete quindi le risposte secondo il modello.

Hai portato la chitarra?

La chitarra l'ho portata.

apparecchiare – aprire – comprare – fare – preparare – riparare – scrivere

a. Gianni, _____ il vino?

b. Signorina, _____ le lettere?

c. Luisa, _____ la cena?

d. Giorgio, _____ le bottiglie?

e. Ragazzi, _____ la tavola?

f. Piero, _____ la macchina?

g. Ragazzi, _____ i compiti?

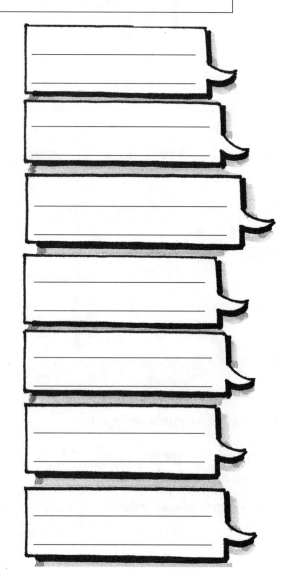

7. Trasformate le frasi secondo il modello.

> Ho visto quel film.
> → *L'*hai *già* visto?
>
> Non ho visto quel film.
> → *Non l'*hai *ancora* visto?

a. Paolo ha comprato il libro di storia.

_____

b. Ho fatto le fotografie.

_____

c. Non ho riparato la macchina.

_____

d. Non abbiamo fatto gli esercizi.

_____

e. Maria ha chiamato Carlo.

_____

f. Abbiamo conosciuto i fratelli di Sergio.

_____

g. Non ho letto il giornale.

_____

h. Paolo e Angelo non hanno fatto i biglietti.

_____

i. Ho comprato la carne.

_____

j. Adriano non ha prenotato la camera.

_____

⇨ 10 **8. Rispondete alle domande secondo il modello.**

> Quante *bottiglie* hai portato?
> *Ne ho portate* cinque.

a. Quanti libri hai letto?

_____ cinque.

b. Quante fotografie hai fatto?

_____ quattro.

c. Quanti giorni di vacanza avete avuto?

_____ venti.

d. Quanti appartamenti avete visto?

_____ due.

e. Quante sedie avete portato?

_____ trenta.

f. Quante persone hai conosciuto a quella festa?

_____ tante.

g. Signor Marassi, quanti lavori ha fatto nella Sua vita?

_____ moltissimi.

h. Quanti chilometri ha fatto la tua macchina?

_____ quasi centomila.

9. Leggete il testo e indicate se le affermazioni successive sono vere o false.

LA TOMBOLA

Il gioco più diffuso nelle feste di Natale in Italia è certamente la tombola.

Il passatempo è estremamente semplice e non richiede nessuna abilità, ma solo un poco di fortuna per vincere uno dei premi in denaro. (Ma è possibile vincerne anche due o tre, o forse vincerli tutti.)

Per giocare ci vogliono: un sacchetto contenente 90 numeri (da 1 a 90) di legno o di plastica, un cartellone di cartone con 90 numeri stampati e infine 48 cartelle, anche queste di cartone, dove sono riportati (secondo un preciso criterio matematico) 15 dei 90 numeri. Prima di cominciare il gioco, si decide il prezzo delle cartelle. Si vendono le cartelle (il cartellone costa quanto sei cartelle) e con i soldi ottenuti si formano cinque premi.

Il gioco comincia. Chi ha il cartellone estrae un numero dal sacchetto, lo legge ad alta voce e lo mette sul cartellone là dove è stampato lo stesso numero. Chi ha quel numero sulla cartella deve coprirlo con qualcosa, normalmente si usano dei fagioli, delle lenticchie o dei pezzi di buccia di arancia o di mandarino.

Il giocatore che per primo copre due numeri in linea orizzontale su una cartella grida: «Ambo!» e ritira il premio. Chi ne copre tre (sempre su una stessa linea) vince il terno. Con quattro

numeri si vince la quaterna e con cinque la cinquina. Il giocatore che riesce a coprire per primo i quindici numeri di una cartella grida «Tombola» e ritira il premio più grosso.

Come si vede il gioco non è assolutamente difficile, e può essere molto divertente se fra i partecipanti c'è una buona atmosfera e soprattutto se chi ha il cartellone e legge i numeri è una persona spiritosa.

Per tradizione tutti e 90 i numeri hanno un significato e, molto spesso, non si dice il numero, ma quello che il numero significa. Così, invece di 90, si dice «La paura», e invece di 77 si dice «Le gambe delle donne»; 47 è il «morto che parla» e 33 «gli anni di Cristo», e così via.

La tombola è particolarmente popolare a Napoli dove i più esperti gridano, invece dei numeri, esclusivamente il loro significato.

Vero o falso?

	v	f
a. Per vincere a tombola ci vuole solo fortuna.	❑	❑
b. I premi si formano con i soldi delle cartelle vendute.	❑	❑
c. Per vincere l'ambo bisogna soltanto coprire due numeri sulla cartella.	❑	❑
d. Per fare tombola bisogna coprire tutti i numeri di una cartella.	❑	❑
e. A Napoli ci sono persone che conoscono il significato di tutti e 90 i numeri.	❑	❑

(⇨ 15)

18

10. Ascoltate attentamente il dialogo 15 a pagina 133 (libro di testo) e segnate la sillaba della parola su cui cade l'accento di frase.

☐ Senti, / ma c'è proprio bisogno che giochiamo a tombola stasera?

○ Ma dai! / Il primo dell'anno la tombola ci vuole! / Dai! / Fai un salto in paese.

☐ Ma il paese è lontano!

○ Ma dai! / Se ti sbrighi / ce la facciamo. / Dai! / Fai in fretta.

☐ D'accordo. / Senti, / allora, visto che vado in paese, / ti occorre qualcosa?

○ No, niente. / Eh, aspetta, sì. / Porta un paio di pacchetti di Marlboro / e una scatola di cerini.

11. Completate le frasi con *qualcuno*, *qualcosa*, *nessuno*, *niente*.

a. Senti, andiamo a prendere _____ al bar?

b. Ha telefonato _____, ma non ha detto il suo nome.

c. Io non ho visto _____.

d. Non è ancora arrivato _____.

e. Io so _____, ma non posso dire _____.

f. Certamente _____ ha visto _____, ma non vuole parlare.

(⇨ 16)

12. Fate delle frasi usando *ci vuole* e *ci vogliono*.

> A Capodanno i fuochi d'artificio *ci vogliono*!

a. A Capodanno	le bomboniere
b. A Natale	lo spumante
c. A carnevale	il panettone
d. A Pasqua	i confetti
e. Per la festa di compleanno	le maschere
f. Per le nozze	i fuochi d'artificio
g. Per il battesimo	la torta
h. Per l'anniversario	le uova

95

⇨17

13. Completate le frasi con il verbo *farcela*.

a. _____ da solo o ti devo dare una mano?

b. Sono sicuro che se studiate _____.

c. Purtroppo io non _____ a finire il lavoro questa sera.

d. Carlo è molto bravo: _____ senz'altro.

e. È difficile, ma io spero di _____.

f. (Voi) _____ a finire la traduzione prima di sabato?

g. No, grazie, sei molto gentile, ma io voglio _____ da solo.

14. Completate la lettera con i seguenti verbi.

bisognare	farcela	dare una mano
volerci	bastare	fare un salto

Caro Marco,

ho una bella notizia: forse fra qualche settimana _____

giù da te. Se qualcuno mi _____ a finire i lavori a casa (da solo non

_____), dopo ho finalmente un po' di tempo libero.

Penso di venire giù con la macchina, più di sette ore non _____, no?

Eh sì, _____ proprio che ci vediamo perché, per raccontarti quello che mi è successo

negli ultimi tempi, una telefonata non _____. Comunque ti chiamo per dirti quando arrivo.

Ti abbraccio

Giuliano

15. Cruciverba.

Completate le frasi con le parole necessarie
e risolvete quindi il cruciverba.

Orizzontali

2. Claudio vuole l'aiuto di Marzia

per _____ la macchina.

4. Marzia vuole l'aiuto di Claudio

per _____ la tavola.

6. Claudio non ha dimenticato le _____.

7. Daniela porta un piatto tipico:

il _____.

8. Claudio non ha dimenticato i _____.

10. Claudio ha dimenticato la _____.

11. Marzia adora il _____ rosso.

Verticali

1. Claudio non ha dimenticato la

_____.

3. Claudio ha portato dieci bottiglie

di _____.

5. Marzia ha preparato invece il

_____.

6. La cena di fine d'anno è il _____.

9. Claudio deve fare un _____ in
paese.

Che studi ha fatto?

⇨ 3

1. Trasformate le frasi secondo il modello.

> *Cerchiamo dei* camerieri e *dei* baristi referenziati.
>
> → *Cercansi* camerieri e baristi referenziati.

a. Richiediamo la massima serietà.

_____

b. Offriamo uno stipendio adeguato.

_____

c. Cerchiamo una segretaria con una buona conoscenza della lingua inglese.

_____

d. Cerchiamo dei neodiplomati per un lavoro part time.

_____

e. Offriamo delle buone possibilità di carriera.

_____

⇨ 5

2. Completate le frasi coniugando i verbi al passato prossimo.

a. Questa mattina io (svegliarsi) _____ tardi.

b. Marco (lavarsi) _____ e poi (uscire) _____.

c. Noi (presentarsi) _____ puntualissimi all'appuntamento.

d. Marco e Maria (dire) _____ che (annoiarsi) _____ a teatro.

e. Quest'estate io (riposarsi) _____ veramente.

f. Sono sicuro che tu (alzarsi) _____ tardi anche stamattina.

g. Cosa (voi - fare) _____ quest'estate? (Incontrarsi) _____ o non (vedersi) _____ per niente?

h. Maria (mettersi) _____ in giardino e (prendere) _____ il sole tutto il pomeriggio.

i. Signor Angelini, (divertirsi) _____ ieri sera alla festa?

j. Signora Marzotto, (annoiarsi) _____ ieri sera?

3. Michele racconta

Completate il testo coniugando i seguenti
verbi al passato prossimo.

> andare – arrivare – aspettare – finire – incontrarsi –
> lavorare – mangiare – prendere – ritornare – svegliarsi –
> telefonare – uscire – vestirsi

Questa mattina (io) _____ tardi. _____

in fretta, _____ un caffè e poi _____.

Alla fermata _____ l'autobus per venti minuti.

Finalmente l'autobus _____ e _____ al

lavoro. _____ fino alle cinque, poi _____

a casa. Alle sei mi _____ Marco per invitarmi a vedere

un film. Così (noi) _____ davanti al cinema. Quando il

film _____, Marco ed io _____ qualcosa

in una pizzeria.

⇨ 8

4. «Le scuse»

Completate le scuse con *dovere, potere* e *volere* secondo il modello.

> Mi dispiace proprio, ma ieri io non ho potuto telefonarti.

a. Ieri non sono venuto perché _____ lavorare fino a tardi.

b. Il direttore non _____ darmi un permesso, e così sono uscito tardi.

c. Io non _____ finire il lavoro perché sono stato malissimo tutta la sera.

d. Scusa il ritardo, ma _____ accompagnare mia madre dal dottore.

e. Scusa il ritardo, ma il direttore _____ parlarmi, e io _____
ascoltarlo per due ore.

f. È tardi, lo so, ma purtroppo non _____ prendere la macchina.

⟳ 10   **5. Sapete ricomporre la biografia di Gabriele Salvatores?**

④ In questi due film Salvatores fa un ritratto degli italiani così come sono nella realtà e cioè i soliti giocosi arruffoni, a volte tristi e a volte geniali, sempre un po' sognatori.

① Gabriele Salvatores è nato a Napoli nel 1950, ma è cresciuto a Milano, tanto che oggi si definisce un milanese di adozione. Da ragazzo ha frequentato uno dei licei più famosi della città, il Beccaria, e già in quegli anni ha cominciato a fare teatro con alcuni suoi compagni di scuola.

⑤ Ma il film che ha avuto più successo è senz'altro «Mediterraneo». Con questo film Salvatores ha vinto nel 1991 il David di Donatello per il miglior film e il Nastro d'argento come miglior regista. Nel 1992 ha ricevuto inoltre l'Oscar per il miglior film straniero. Dopo «Mediterraneo» ha girato in Messico «Puerto Escondido» che è arrivato sugli schermi alla fine del 1992.

③ Nel 1972 c'è stata una grande svolta nella sua vita: ha abbandonato gli studi e, con alcuni amici, ha fondato la compagnia del Teatro dell'Elfo.

④ Nel 1982 ha cominciato a lavorare come regista cinematografico. Il suo primo successo arriva con «Marrakesh Express» (1988), seguito poi da «Turné» (1990), due film che raccontano l'amicizia, l'amore, la complicità e l'allegria.

② Quando ha finito il liceo, si è iscritto all'università e per due anni ha frequentato con ottimi risultati la facoltà di giurisprudenza. Durante questo periodo non ha però dimenticato il teatro e ha frequentato anche la scuola del Piccolo Teatro di Milano.

6. Completate il testo coniugando al passato prossimo i seguenti verbi.

iscriversi	prestare	nascere	laurearsi	cominciare
diplomarsi	licenziarsi	soggiornare	migliorare	

Angelo Navetti _____ a Viterbo il 3 aprile del 1966. Il

12 luglio 1985 _____ al liceo scientifico L. Pasteur della sua

città con 52/60, e poi _____ alla facoltà di Economia e

Commercio dell'Università di Roma dove _____ il 15 marzo

1991. Dal luglio del 1991 allo stesso mese del 1992 _____

servizio militare presso il XII Battaglione Carristi «L. Granelli» di Padova.

Dal settembre del 1992 al gennaio del 1993 _____ a Londra

dove _____ il suo inglese già buono. Nel marzo dello stesso

anno _____ a lavorare come impiegato nel reparto

amministrativo della Speedy Spedizioni di Roma, da dove

_____ nove mesi dopo. Attualmente Angelo lavora come

responsabile dell'ufficio contabilità generale presso la Felix S.p.A. di

Viterbo, dove abita in via Brunetti 15.

101

7. **Angelo Navetti cerca un nuovo lavoro e si è presentato alla A.S.C.A.**
   Aiutatelo a riempire il seguente formulario.

A. S. C. A. s.r.l.
Formulario richiesta di impiego

Si prega di scrivere a macchina o in caratteri stampatello

Nome e Cognome: ....

Luogo e data
di nascita: ....

Cittadinanza: ....

Stato civile: celibe ❑   coniugato ❑   separato ❑

                  nubile ❑   vedovo ❑   divorziato ❑

Servizio militare: assolto ❑   non assolto ❑   Motivo ....

Residenza: ....

....

Titoli di studio: ....

....

....

....

Lingue conosciute:	ottimo	buono	sufficiente
_____	❑	❑	❑
_____	❑	❑	❑
_____	❑	❑	❑

Soggiorni
all'estero: ....

....

....

Esperienze
di lavoro: ....

....

....

8. Una cantante famosa

Leggete il testo e formulate le domande successive
usando il passato prossimo.

Nannini Gianna. Cantante, chitarrista, pianista, autrice (Siena, 14/6/56). Fino al 1974 studia pianoforte al conservatorio Luigi Boccherini di Lucca; un anno più tardi si trasferisce a Milano per studiare composizione. Da femminista convinta in questo periodo comincia a cantare nelle feste di piazza organizzate dal movimento delle donne. Nel 1978 va negli Stati Uniti, qui però non si trova bene e infatti decide di tornare in Italia, dove ha un grande successo con il suo terzo disco che sale ai primi posti della hit-parade non solo in Italia, ma anche in Germania, dove ben presto diventa una star. Nel 1982 esce l'album *Latin Lover* e nel 1984 *Puzzle,* che rimane nella hit-parade per circa sei mesi. L'album seguente, *Profumo,* vende in breve tempo più di un milione di copie. Da questo momento Gianna Nannini diventa una rockstar internazionale: tiene dei concerti in molti paesi europei e canta insieme ad artisti famosi. Le sue canzoni arrivano ai primi posti della hit-parade. Nel 1990 interpreta insieme ad Edoardo Bennato «Un'estate italiana», il leitmotiv dei campionati di calcio. Negli anni seguenti Gianna Nannini continua ad avere molti ammiratori soprattutto all'estero e a scrivere ed a interpretare tante altre canzoni di successo.

a. _____? Il 14 giugno 1956.

b. _____? Al conservatorio di Lucca.

c. _____? Per studiare composizione.

d. _____? Nelle feste di piazza.

e. _____? Negli Stati Uniti.

f. _____? Perché non si è trovata bene in America.

g. _____? Per circa sei mesi.

h. _____? Più di un milione di copie.

i. _____? Con Edoardo Bennato.

j. _____? Tante altre canzoni di successo.

⇨ 12

9. Completate le frasi con il verbo *sapere* e gli altri verbi necessari.

a. Io _____ _____ la chitarra.

b. Mario _____ _____ il tango.

c. Noi _____ _____ l'inglese.

d. Carlo _____ _____ gli spaghetti.

e. I miei amici _____ _____ a poker.

f. Voi _____ _____ il computer?

g. Tu _____ _____ la motocicletta?

h. Lei signora, _____ _____ a maglia?

10. *Potere* o *sapere*? Completate la risposta con il verbo necessario.

⇨ 14

11. Anna lascia alla sua amica di Vienna, in visita a Roma, un messaggio in albergo. Inserite *avere* o *essere* e le finali necessarie.

Ciao Helga,

purtroppo ieri sera non _____ potut__ venire a prenderti alla stazione, perché _____ dovut__ lavorare fino a tardi. È venuto un cliente da Milano e io _____ dovut__ andare a prenderlo all'aeroporto per accompagnarlo in albergo. Non solo: la sera lui _____ volut__ visitare la città, e così io _____ dovut__ portarlo in giro. Lui _____ volut__ vedere tutto e in più _____ volut__ anche scegliere il ristorante, naturalmente _____ dovut__ scegliere il più turistico e il più caro; poi, non ancora soddisfatto, non _____ potut__ rinunciare al caffè in Piazza Navona e io _____ dovut__ restare a chiacchierare con lui fino a mezzanotte.

Quando vuoi, puoi telefonarmi in ufficio.

A più tardi
Anna

12. Trasformate le frasi secondo il modello.

Luisa non vuole venire	→	Luisa non *è voluta* venire.
Devo lavorare.	→	*Ho dovuto* lavorare.

a. Mario non vuole uscire.
b. Non posso telefonare a Luigi.
c. Carlo deve restare a casa con il bambino.
d. Mario e Aldo devono aspettare il treno successivo.
e. Veramente non puoi venire?

f. Franca non vuole venire con noi.
g. Laura non vuole incontrare Michele.
h. Sandra non può arrivare prima delle sei.
i. Non posso dire altro.
j. Perché non volete venire?

⇨ 17

13. Completate le frasi con il gerundio.

a. (Lavorare) _____ tutto il giorno, non ho tempo per la famiglia.

b. (Abitare) _____ lontano dal centro, la sera preferiamo restare a casa.

c. (Essere) _____ hostess, Maria viaggia gratis in aereo.

d. (Vivere) _____ con i genitori, Paolo non può fare quello che vuole.

e. (Fare) _____ il meccanico, guadagna bene.

f. (Pagare) _____ un affitto così alto, non posso permettermi di andare in vacanza.

⇨ 19

14. Ascoltate attentamente il dialogo 19 a pagina 146 (libro di testo) e segnate la sillaba della parola su cui cade l'accento di frase.

● Senta un po', / ma ... chi Le sembra dei due il più affidabile?

■ Mah ... il più affidabile / è difficile dirlo ... / non lo so.

● E il più dinamico?

■ Mah, il più dinamico dei due certamente è il ragazzo. / Cioè questo è chiaro: / il ragazzo è più dinamico della ragazza. / Ma insomma, è un pochino difficile decidere.

15. Chi è il più giovane?

Bruno ha 35 anni. Quanti anni hanno gli altri?

Carlo: «Bruno è 5 anni più vecchio di me.»
Enrico: «Antonio è 7 anni più giovane di Bruno.»
Bruno: «Enrico è 3 anni più giovane di Dario.»
Antonio: «Carlo è più vecchio di Dario.»
Dario: «Io sono 10 anni più giovane di Carlo.»

23

16. Inserite i pronomi indiretti necessari.

a. Guardi, signora, _____ piace questo pullover?

Mah, veramente il colore _____ sembra troppo scuro.

b. Hai chiesto a Carlo e Maria se vogliono venire a cena domani?

No, ancora non _____ ho telefonato.

c. Sapete se Maria è tornata dalla Germania?

No, ancora non _____ ha telefonato.

d. Ha telefonato qualcuno?

Sì, il signor Dini. Dice che _____ dispiace, ma non può venire.

e. Ha parlato con il dottor Santi?

No, ma _____ ho lasciato un messaggio in ufficio.

f. Venite al cinema con noi stasera?

_____ dispiace, ma stasera non possiamo. Abbiamo un impegno.

g. Ha telefonato al signor Rossetti?

Sì, _____ ho telefonato e _____ ho fissato un appuntamento per venerdì mattina.

17. Completate il testo.

_____ _____ Renata, _____ 25 anni e sono nata a Prato, vicino ___ Firenze.

Dopo la _____ dell'obbligo non _____ voluto continuare ___ studiare e ho cominciato a _____ in un supermercato, ma dopo sei mesi la mia famiglia si è trasferita a Brescia e _____ ho dovuto lasciare il lavoro. A Brescia mi _____ _____ all'istituto tecnico commerciale. Qui, oltre all'inglese, ho _____ anche il francese e lo spagnolo. Quando mi sono diplomata, ho risposto a molti annunci, ho _____ qualche colloquio di lavoro e dopo tre o quattro mesi ho trovato _____ presso un'agenzia turistica.

Lavorare qui mi piace molto _____ i miei colleghi sono simpatici e _____ ho la possibilità di viaggiare spendendo poco. Da un anno frequento anche un _____ di tedesco. Per me il tedesco è più difficile delle altre _____ ma, anche se ancora non lo _____ parlare bene, sono già in _____ di capirlo.

Hai visto che casa?

⇨ 2

1. **Ascoltate attentamente il dialogo 2 a pagina 152 (libro di testo) e segnate la sillaba della parola su cui cade l'accento di frase.**

▨ Hai visto? / Hai visto che casa / si sono comprati Maurizio e Valeria, eh?

● Eh, bella!

▨ Bella, sì! / Se io penso che adesso torniamo in quel buco di casa / che è la nostra casa!

● Ah, buco! / Non esagerare, / non è un buco.

▨ No? / Che cos'è?

● È un appartamentino / carino / in centro.

▨ È un appartamentino / ino, / ino, / ino. È piccolo, / è piccolo, / è piccolo.

⇨ 3

2. **Completate le frasi coniugando il verbo necessario al passato prossimo.**

> bersi – comprarsi – farsi – fumarsi – giocarsi – mangiarsi – trovarsi

a. Franco _____ a poker tutto lo stipendio ed ora non ha più un soldo fino alla fine del mese.

b. Dopo la laurea i miei figli _____ subito un lavoro.

c. Se adesso state male è perché ieri sera _____ una grappa dopo l'altra.

d. Oggi Luisa _____ almeno due pacchetti di sigarette.

e. Ma quanta cioccolata _____, Luisa?

f. Hai visto che mangiata _____ Claudio e Roberto ieri sera?

g. Ieri ho fatto una pazzia: _____ un vestito di Valentino.

⇨ 4

3. **Quali di queste parole sono dei diminutivi e quali no?**

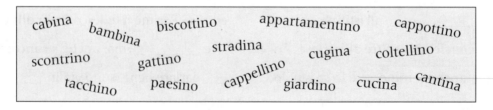

cabina   bambina   biscottino   appartamentino   cappottino

scontrino   gattino   stradina   cugina   coltellino

tacchino   paesino   cappellino   giardino   cucina   cantina

4. Di che cosa si parla nelle frasi? Cercate di capirlo aiutandovi con i disegni.

a. un film noioso

b. un vestito vecchio

c. un libro noioso

d. una macchina che si rompe sempre

e. un quadro di poco valore

Ho deciso che la vendo. Mi lascia sempre per strada. Ormai è proprio un **bidone**!

_____

È la terza volta che lo apro, ma dopo cinque minuti mi addormento.
È proprio un **mattone**!

_____

L'ho comprato, l'ho fatto vedere agli amici e poi ho scoperto che è un falso. Ho pagato 10 milioni per avere una **crosta**!

_____

Sono andato a vederlo, ma sono uscito dopo un quarto d'ora. È veramente una **pizza**!

_____

Dieci anni fa mi è costato un sacco di soldi, ma ora non lo posso più mettere. Ormai è uno **straccio**!

_____

⇨ 6

5. Sostituite le parole sottolineate con dei diminutivi.

Sandra vive a Rovereto, una <u>piccola città</u> in provincia di Trento, ma studia a Verona. Per andare all'università ogni mattina prende il treno e il viaggio dura <u>quasi un'ora</u>. A Rovereto lei abita in centro, in una <u>piccola piazza</u> dove ogni settimana c'è un <u>piccolo mercato</u>. Sandra ha un <u>piccolo appartamento</u> con un soggiorno spazioso, una <u>piccola camera</u> dove lei dorme, un bagno e la cucina che ha pure un <u>piccolo terrazzo</u>.

_____

_____

_____

_____

_____

_____

⇨ 8

6. Completate lo schema.

	parlare	prendere	capire	essere	avere
io	parlerei	_____	_____	sarei	avrei
tu	_____	_____	capiresti	_____	_____
lui lei Lei	_____	prenderebbe	_____	sarebbe	_____
noi	_____	_____	_____	_____	avremmo
voi	parlereste	_____	_____	_____	_____
loro	_____	_____	_____	sarebbero	avrebbero

⇨ 10

7. Completate le frasi coniugando i verbi al condizionale.

a. Sandro (aiutarmi) _____ a riparare la macchina oggi?

b. Con un appartamento più grande noi (avere) _____ più spazio e

non (dovere) _____ più mangiare in cucina.

c. Perché non vuoi passare le vacanze in un club turistico? Io (potere)

_____ fare dello sport, tu (riposarti) _____ e i bambini

(divertirsi) _____.

d. Comprare adesso una nuova macchina (essere) _____ un

problema: io (dovere) _____ pagarla a rate o chiedere i soldi ai miei

genitori.

e. Davvero Le (piacere) _____ vivere in campagna? Io non ci

(vivere) _____, (sentirmi) _____ troppo isolato.

f. Quest'anno io (volere) _____ andare a trovare degli amici a Londra.

Li (rivedere) _____ dopo tanto tempo, (parlare) _____ l'inglese

e inoltre (visitare) _____ i musei che ancora non conosco.

**8. Completate le frasi con le forme del condizionale
dei seguenti verbi.**

> andare – avere – dire – volere – potere

a. Carlo, se esci, _____ comprare il giornale?

b. Veramente domani io _____ un appuntamento, ma _____

rimandarlo.

c. Senta, _____ vedere quei pantaloni in vetrina.

d. Mario, ti _____ di uscire stasera?

e. Dottor Salvi, che ne _____ di comprare un computer nuovo?

f. Signor Marotta, _____ un po' di tempo per me domani?

g. Giancarlo, che ne _____ di andare allo stadio domenica?

⇨ 11

9. Secondo il modello fate delle frasi usando i verbi dello specchietto.

Tu vuoi prendere in affitto un appartamento più grande, *e chi lo pulirebbe?*

vendere la nostra vecchia macchina,…

avere un grande giardino,…

prendere un cane,…

comprare una macchina nuova,…

mandare i bambini in piscina,…

comprare tutta questa frutta,…

accompagnare
mangiare
comprare   pagare
curare   portare fuori

_____

_____

_____

_____

_____

_____

⇨ 13

10. Completate con *ne* o *ci*.

a. Mi dai una mano a finire questo lavoro? Da solo non _____ riesco.

b. Adesso sono stanco, non ho voglia di discutere. _____ parliamo domani.

c. Tu dici che per il momento è meglio lasciare i soldi in banca, ma io

non _____ sono sicuro.

d. Dai, Mario! L'esame non è difficile! Sono sicuro che, se _____ provi, ce

la fai.

e. Carlo dice che conosce tante persone importanti, ma io non

_____ credo.

⇨ 14

11. *Meglio* o *migliore*?

a. Per me è _____ vivere in città.

b. Secondo me è _____ non dire niente.

c. Purtroppo Lia non ha trovato un lavoro _____.

d. Mi hanno fatto un'offerta _____ e mi sono deciso.

e. Franco ha cambiato lavoro e ora si trova _____.

f. Dobbiamo deciderci: non vedo un'occasione _____ di questa.

g. Per andare in vacanza questo è il periodo _____.

⇨ 15

12. Cruciverba.

Come si chiama l'oggetto mancante? Leggetelo a cruciverba ultimato nelle caselle evidenziate.

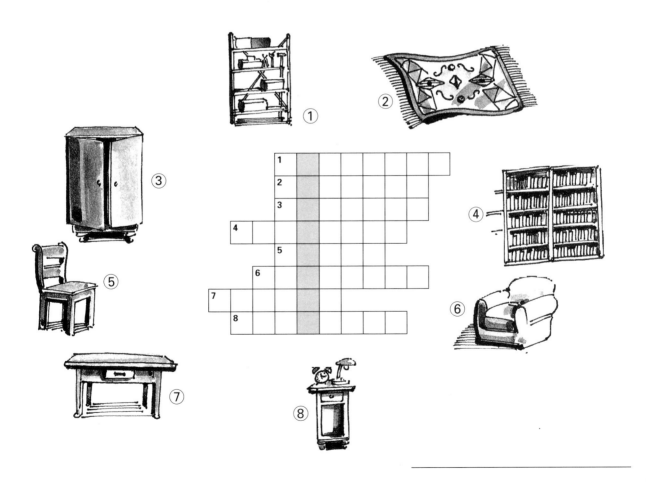

⇨ 16

13. Completate il dialogo coniugando i verbi al condizionale.

○ Mamma, non ho più voglia di andare a scuola.

□ Come non hai più voglia? E che cosa (volere) _____ fare?

○ Mah, (potere) _____ lavorare per un paio di mesi e quello che (guadagnare) _____ (metterlo) _____ da parte. Poi (piacermi) _____ andare in giro per il mondo.

□ E così (volere) _____ abbandonare la scuola? Ma non pensi che (essere) _____ un peccato ora che ti manca solo un anno al diploma?

○ Ma il diploma a che cosa (servirmi) _____? Dopo la scuola (dovere) _____ lavorare in fabbrica e io non ne ho voglia. Sì,… (guadagnare) _____ bene, come figlio del proprietario (avere) _____ tanti vantaggi, ma non è questo il lavoro che (piacermi) _____ fare. (Preferire) _____ essere libero, girare per il mondo e conoscere tante cose nuove.

□ Ma questo (potere) _____ farlo durante le ferie!

○ Mamma, lo sai che quei pochi giorni di ferie non mi (bastare) _____! Io voglio stare via almeno per sei mesi all'anno!

□ Sì, ma adesso i soldi per viaggiare dove (trovarli) _____?

○ Ma non ti ho detto che (lavorare) _____ per un paio di mesi?

□ (Lavorare) _____ per un paio di mesi per poi stare in giro un anno? Guarda che i soldi non ti (bastare) _____.

○ Ma io non (avere) _____ bisogno di molti soldi per vivere. (Dormire) _____ negli ostelli o in casa di amici, non (spendere) _____ tanto, qualche volta (lavorare)_____ un po', insomma (arrangiarmi) _____.

□ Mario, guarda che adesso tu hai 17 anni e che ancora chi decide siamo papà ed io, quindi ora (fare) _____ bene ad andare in camera tua e a studiare la matematica. Fra un anno ne riparliamo!

⇨ 17

14. Completate le frasi con *meglio, peggio, migliore, peggiore, maggiore, minore, superiore, inferiore*.

a. Giulio ha studiato economia alla Bocconi e a Cambridge. La sua

preparazione è senz'altro _____ alla mia.

b. Abbiamo comprato un appartamento in periferia perché le condizioni

sono _____ e i prezzi _____.

c. Questo pullover costa di meno, ma naturalmente la qualità della lana

è _____.

d. Al *Piccolo Giardino* non si mangia bene. Andiamo alla *Locanda Sole*, lì si

mangia _____.

e. Anna ha due figli: il _____ ha 18 anni ed il _____ ne ha 13.

f. Ieri in quel ristorante ho mangiato veramente male, ma in questo

ristorante si mangia ancora _____.

g. Chi conosce l'inglese, ha tante possibilità di trovare un lavoro

_____.

h. Il mio francese non è molto buono, ma il suo è ancora _____.

i. Mario e Luisa abitano in una villetta. Al piano terra c'è il soggiorno,

le camere da letto invece sono al piano _____.

⇨ 18

15. Trasformate le frasi secondo il modello.

> Il soggiorno è *più grande della* camera da letto.
> → La camera da letto *non è grande come* il soggiorno.

a. Il «Bar Dante» è più caro del «Caffè Duomo».
b. La mia macchina è più veloce di quella di Marco.
c. L'esame di latino è più difficile di quello di storia.
d. L'albergo «Europa» è più rumoroso della
pensione «Luna».
e. Sonia è più simpatica di Margherita.
f. Milano è più grande di Verona.
g. Il mio lavoro è più interessante del tuo.

⇨20   16. **Lorenzo e la sua ragazza hanno trascorso alcuni giorni in Sardegna.**
Adesso mostrano agli amici le fotografie della loro vacanza.
Completate le frasi con *che* o *cui* e le preposizioni necessarie.

a. Questo è il porto _____ siamo partiti.

b. Questa è la nave _____ abbiamo viaggiato.

c. Queste sono delle persone _____ abbiamo conosciuto sulla nave.

d. Questo è l'albergo _____ abbiamo passato le prime due notti.

e. Questa è la famiglia _____ abbiamo abitato vicino a Oristano.

f. Questa è la spiaggia _____ vi abbiamo parlato.

g. Questo è il nuraghe _____ abbiamo visitato.

h. Questa è la montagna _____ siamo saliti.

i. Queste sono le biciclette _____ abbiamo noleggiato

e _____ abbiamo fatto una bella gita.

116

Sentiti a casa tua!

⇨ 6

1. Formate delle frasi con _comunque_ o _e anzi_.

a. Sto facendo un lavoro …

     _____ devo finirlo prima di stasera.

     _____ ho quasi finito.

b. Devo partire stasera …

     _____ devo ancora fare le valigie.

     _____ possiamo vederci per cinque minuti a casa mia.

c. Sto preparando l'esame d'inglese …

     _____ so che non è difficile.

     _____ devo cominciare a preparare anche quello di francese.

d. Scusa, adesso non ho molto tempo. Devo andare in banca …

     _____ devo anche fare un salto alla posta.

     _____ puoi accompagnarmi e così ne parliamo un po' strada facendo.

⇨ 8

2. Completate le frasi con l'imperativo dei verbi sottostanti.

(arrivare) (mettere) (mangiare) (parlare)

(partire) (prenotare) (telefonare)

a. _____ puntuale, altrimenti non ti aspetto.

b. _____ presto, altrimenti trovi traffico.

c. _____ a Massimo dopo le cinque, altrimenti non lo trovi a casa.

d. _____ subito gli spaghetti, altrimenti diventano freddi.

e. _____ una camera silenziosa, altrimenti non dormi.

f. _____ il pesce in frigorifero, altrimenti va a male.

g. _____ più lentamente, altrimenti non capisco.

⇨ 9

3. Completate le frasi con la seconda persona singolare dell'imperativo aggiungendo anche i pronomi necessari .

> Questi tortellini sono molto buoni. (Provare) <u>Provali!</u>

a. Se queste scarpe ti piacciono, (comprare) _____!

b. È un libro interessante. (Leggere) _____!

c. Renato alle 5 è sempre a casa. (Chiamare) _____!

d. I dischi sono lì. Se vuoi, (prendere) _____!

e. Questo vino è ottimo. (Provare) _____!

f. Sandro dà sempre buoni consigli. (Ascoltare) _____!

g. Forse quella gonna ti sta bene. (Provare) _____!

h. È un bel film. (Guardare) _____!

4. Nelle seguenti esortazioni mancano i verbi. Aggiungeteli e coniugateli alla forma necessaria.

> divertirsi   iscriversi   mettersi
> sentirsi   riposarsi   sbrigarsi   sposarsi

a. Il treno parte fra mezz'ora. _____, altrimenti lo perdi.

b. Mangia quello che vuoi, prendi quello che vuoi, insomma _____ a casa tua.

c. Oggi hai lavorato troppo. _____ un po'!

d. Perché stai sempre chiuso in casa? Esci, vai al cinema, _____ un po'!

e. Guarda che oggi fa freddo. _____ il pullover pesante.

f. Ora che ti sei diplomato, se vuoi un consiglio, _____ all'università.

g. Hai 40 anni, non sei più un ragazzino. Che aspetti ancora? _____!

⇨ 12

5. **Completate le frasi con la forma negativa dell'imperativo singolare e con i pronomi necessari.**

> Il forno perde gas, quindi <u>non usarlo</u>!

(disturbare)   (bere)   (accendere)   (portare)

(prendere)   (svegliare)   (aspettare)

a. Il televisore non funziona, quindi
<u>non prenderlo. portarlo accenderlo</u>

b. Mario non vuole parlare con nessuno,
quindi <u>non disturbala</u>.

c. I bambini dormono, quindi <u>disturbarli</u>.

d. Il vino ti fa male, quindi <u>non berlo</u>

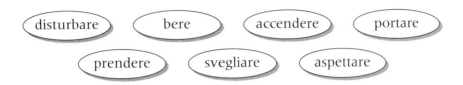

e. Maria ha già detto che non viene,
quindi <u>aspettarla</u>

f. La macchina non funziona bene,
quindi <u>prenderlo</u>.

g. Il cane è gia uscito, quindi <u>portarlo</u> fuori.

⇨ 13

6. **In quali delle seguenti frasi si può usare *tanto* al posto di *perché*?**

a. Il pullover non lo prendo perché non fa freddo. ❏
b. Sono stanco perché ho dormito poco. ❏
c. Non prenoto il posto perché sicuramente il treno è vuoto. ❏
d. Sta' tranquillo perché io non dico niente. ❏
e. La casa è fredda perché il riscaldamento non funziona. ❏
f. Sono arrivato tardi perché ho perso l'autobus. ❏
g. Puoi venire quando vuoi, perché io sono tutto il giorno a casa. ❏
h. Non fa niente se il televisore si è rotto, perché ne ho comprato un altro. ❏
i. Sono stanco perché lavoro troppo. ❏
j. Non lo aspetto perché so che viene sempre in ritardo. ❏

⇨ 15

7. Inserite il verbo *dare* all'imperativo singolare aggiungendo anche i pronomi necessari.

a. Quando hai finito il libro, _dallo_ a Carlo.

b. Queste sono le sole chiavi che ho. Non _dalle_ a nessuno. Poi quando parti, _dalle_ alla portiera.

c. Quello che resta del pesce _dallo_ al gatto.

d. C'è ancora un po' di cioccolata, ma non _dalla_ al bambino! È stato male tutta la notte.

e. Ci sono questi vecchi dischi; se non ti occorrono, _dalli_ a chi vuoi.

f. In frigo ci sono delle banane. _dalle_ una al bambino.

g. Guarda, sul tavolo ci sono delle lettere. _____ a Marisa.

h. Se la guida della città non ti serve più, _____ a qualcuno dei tuoi amici.

⇨ 17

8. Completate i dialoghi con le forme dell'imperativo di *andare*, *avere*, *dire*, *essere*, *fare* e *stare*, usando quando è necessario i pronomi oggetto diretto o la particella *ci*.

a. ▲ A che ora ci vediamo?

  ● Alle 7.30. Ma _____ puntuale, mi raccomando!

b. ▲ Sai che Gino finalmente ha trovato la ragazza che fa per lui?

  ● Davvero? E com'è? _____ tutto!

c. ▲ Oddio! Ho dimenticato di andare a ritirare i biglietti per il teatro!

  ● Non importa, _____ domani, tanto la biglietteria è aperta tutta la mattina.

d. ▲ Sono già due anni che cerco, ma non riesco a trovare un lavoro migliore.

  ● _____ pazienza!

e. ▲ Che cosa prendi? Ti faccio un caffè o preferisci un tè?

  ● Mah, _____ un caffè, va'!

f. ▲ Allora sei sicuro che posso stare nel tuo appartamento in montagna?

  ● Certo! _____ quanto vuoi, tanto quest'anno io non ho tempo.

⇨ 23

9. Rispondete alle seguenti domande secondo il modello.

> Posso aprire la finestra? → Certo, *aprila* pure!

a. Posso fare una telefonata?

_____

b. Posso prendere un cioccolatino?

_____

c. Posso aprire la porta?

_____

d. Posso chiudere il finestrino?

_____

e. Posso ascoltare i tuoi dischi?

_____

f. Posso guardare le fotografie?

_____

g. Posso leggere i tuoi libri?

_____

h. Posso fare il caffè?

_____

10. Completate le frasi con:

> altrimenti   comunque   e anzi
> insomma   perché   quando   quindi   tanto

a. Sto facendo una traduzione _____ devo finirla prima delle cinque.

b. La macchina non funziona, _____ possiamo prendere l'autobus, se vuoi.

c. La macchina non funziona, _____ dobbiamo prendere l'autobus.

d. Dobbiamo prendere l'autobus _____ la macchina non funziona.

e. Non sporcare niente, rimetti tutto a posto, _____ fammi trovare la casa in ordine!

f. Sbrigati, _____ perdi il treno.

g. Prendi pure il giornale, _____ l'ho già letto.

h. Telefonami _____ arrivi, mi raccomando!

11. Completate la lettera con i verbi all'imperativo confidenziale.

Caro Massimo,

io e papà partiamo stasera e ritorniamo domenica. La casa è nelle tue mani,

mi raccomando di tenerla in ordine. _____ di innaffiare le piante tutte   ricordarsi

le sere e non _____ dopo di chiudere sempre bene il rubinetto.   dimenticarsi

Quando inviti i tuoi amici, non _____ troppo chiasso. Poi, ogni volta che mangi,   fare

_____ bene tutto, anzi, _____ i piatti di carta, così poi non devi lavarli.   pulire / usare

____ gentile con i vicini. Insomma: _____ stare tranquilla!   essere / farmi

Mamma

Al ritorno la mamma trova un indescrivibile disordine e dice al figlio:
«Massimo, il bagno è sporco. Puliscilo!»

Assumete adesso il ruolo della mamma e dite a Massimo
quello che deve fare.

il bagno sporco	pulire
i letti disfatti	rifare
i fiori secchi	innaffiare
il salotto in disordine	rimettere in ordine
il televisore acceso	spegnere
i piatti sporchi	lavare
la macchina fuori	mettere in garage

12. **Da quando Mario è stato lasciato dalla sua ragazza**
non esce più e sta tutto il giorno davanti al televisore.
Che cosa gli consigliereste o sconsigliereste di fare?

Scegliete alcune delle espressioni elencate qui sotto
e formulate dei consigli usando l'imperativo.

cominciare a studiare una lingua

comprare qualcosa di nuovo

ascoltare della buona musica

guardare la TV

parlare con qualcuno

rimanere solo

andare al cinema

uscire con gli amici

cercarsi un'altra ragazza

stare chiuso in casa

leggere un bel libro

fumare tanto

fare un viaggio

bere per dimenticare

prendere dei tranquillanti

pensare troppo a lei

essere triste

fare un po' di sport

13. Cruciverba.

A cruciverba risolto si leggerà, nelle caselle evidenziate,
il nome di un elettrodomestico.

1. Lo è la porta di casa di Giancarlo.
2. Se Massimo non pulisce, arrivano subito.
3. Marisa deve darle alla vicina.
4. Se Marisa non li mangia, vanno a male.
5. Massimo deve tenerlo basso per non
disturbare il vicino.
6. Se Marisa non gira due volte la chiave a
sinistra, suona.
7. Quello della doccia di Giancarlo perde.
8. Marisa non deve usarlo.
9. Marisa non deve aprirla.
10. Per usarla Giancarlo deve prima spegnere lo
scaldabagno.
11. Marco li ha finiti nella cabina telefonica.

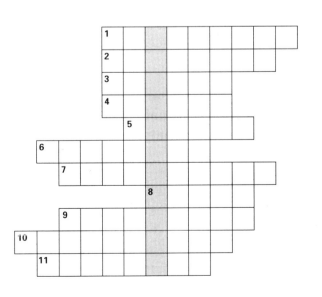

Ci pensi Lei!

⇨ 3

1. Inserite nel testo i seguenti verbi coniugandoli all'imperativo formale.

(fissare) (battere) (telefonare) (cercare)

(informarsi) (prenotare) (chiamare) (spedire)

Ecco tutto quello che c'è da fare oggi. Io sono tutto il giorno dall'avvocato.

Se ha bisogno di me, mi _____ a questo numero.

_____ a macchina la lettera per la società P.R.A. e la _____.

_____ nell'archivio il dossier G.U.L.L.

_____ al dottor Ragni.

_____ un biglietto di prima classe sul rapido delle 12.25 per Napoli.

_____ un appuntamento con il dottor Rienzi.

_____ sugli orari e sulle tariffe dei voli Roma-Città del Capo.

Buon lavoro.

  ⇨ 4

2. Ascoltate attentamente il dialogo 4 a pagina 181 (libro di testo) e segnate la sillaba della parola su cui cade l'accento di frase.

○ Guardi, dottore, / che la fotocopiatrice non funziona.

□ Ancora?

○ Eh, si è rotta proprio adesso. / Che faccio, / chiamo il tecnico?

□ Eh … chiami il tecnico, / però il fatto è che ormai è vecchia / e poi è lenta, / non so se vale la pena di farla riparare ancora una volta. / Forse è meglio comprarne una nuova.

⇨ 6

3. Fate delle frasi secondo il modello.

> La fotocopiatrice è vecchia / farla riparare / comprarne una nuova.
> *Ormai* la fotocopiatrice è vecchia.
> *Non so se vale la pena di* farla riparare.
> *Forse è meglio* comprarne una nuova.

a. È buio / cercare ancora / continuare domani.

_____

_____

b. È ora di cena / prendere un caffè / cercare un ristorante.

_____

_____

c. È l'alba / andare a letto / prendere un caffè.

_____

_____

d. Sto meglio / restare a letto / uscire un po'.

_____

_____

e. Ho imparato abbastanza / studiare ancora / fare due passi.

_____

_____

f. Hai vinto / giocare ancora / smettere.

_____

_____

⇨ 8

4. Completate le frasi con i pronomi necessari.

a. Signora, _____ ho già detto che non posso dir_____ niente.

b. Va bene Mario, _____ telefono stasera.

c. Signorina, se vede il signor Arnolfi _____ dica che aspetto la sua relazione.

d. Mario, posso chieder_____ una cosa?

e. Signor Di Stefano, posso chieder_____ un favore?

f. Per favore signorina, vada dalla signora Agnesi e _____ porti questo dossier.

g. Cosa c'è, Carlo? Non _____ piace il vino?

h. Allora signora, _____ piace il nuovo lavoro?

i. Cari amici, scusate se _____ scrivo così tardi.

j. Marco, se vedi Anna e Ugo di_____ che domenica _____ telefono.

125

⇨ 9

5. Che pronome devo scegliere?

Maria ha da poco un nuovo lavoro. Lavora come
segretaria in un ufficio pubblicitario. Il
lavoro è molto stressante. Il direttore ____   la / le

chiama spesso per dar____ sempre molte cose   la / le

da fare. Non ____ lascia quasi mai un momento   la / le

libero. Non solo: ogni settimana lei deve

presentar____ una relazione sul lavoro svolto.   lo / gli

Deve inoltre fissar____ gli appuntamenti e   lo / gli

qualche volta anche accompagnar____ nei suoi   lo / gli

incontri di lavoro. Il direttore è comunque

molto soddisfatto di Maria, tanto che ____ ha   la / le

promesso presto un aumento di stipendio.

⇨ 10

6. Completate le frasi con il verbo *servire* e i pronomi necessari.

a. Mario, _____ la macchina oggi?

b. Usa pure il mio computer se vuoi, tanto non _____.

c. Ragazzi, _____ un aiuto. Chi mi dà una mano?

d. Signora Rossi, _____ questi giornali, o posso prenderli?

e. _____ un consiglio, ma non sappiamo a chi chiederlo.

f. Ragazzi, _____ uno stereo?

g. Carla ha detto che oggi il video non _____?

h. Prendi la bicicletta di Mario, tanto oggi non _____.

i. Mario ha un grosso problema: _____ 20 milioni, ma non
sa dove prenderli.

7. Quali pronomi oggetto diretto e quali desinenze mancano nelle risposte?

a. Hai parlato con Marisa?

No, non ancora, le ho telefonato ieri, ma non l'ho trovata in casa.

b. Franco è già partito?

Sì, _____ ho accompagnat__ alla stazione un'ora fa.

c. Avete già visto i Martini?

Sì, _____ abbiamo incontrat__ poco fa.

d. Hai scritto ai vicini?

Sì, _____ ho mandat__ una cartolina.

e. Piero ha telefonato al tecnico?

Sì, ma non _____ ha trovat__.

f. Mario cena con noi stasera?

Sì, _____ ho raccomandat__ di essere a casa alle otto.

g. Paola e Rosa hanno già finito di studiare?

Sì, _____ abbiamo aiutat__ noi.

⇨ 11

8. Il capufficio dà alla segretaria alcune istruzioni. Che cosa dice la donna alla persona a cui si rivolge? Cambiate le frasi secondo il modello.

«Dica al signor Bianchi di ripararci la fotocopiatrice.»
«Signor Bianchi, ci ripari la fotocopiatrice per favore!»

Dica …

a. al signor Bianchi di portare la macchina dal meccanico.

_____

b. alla signora Martini di controllare il programma.

_____

c. al dottor Vitti di fare una telefonata alla società A.R.L.A.

_____

d. alla signorina Dossi di spedire il pacco.

_____

e. al signor Petrini di mettere un annuncio sul giornale.

_____

f. al signor Cascio di mettersi in contatto con il ministero.

_____

⇨ 13

9. Formate delle frasi secondo il modello.

> chiamare il signor Strozzi
> «*Chiamiamo il signor Strozzi. Anzi, lo chiami Lei*».

a. chiedere il conto

_____

b. ordinare l'archivio

_____

c. prenotare un tavolo

_____

d. correggere la lettera

_____

e. invitare i signori Rossi

_____

f. controllare il bilancio

_____

g. chiamare il signor De Mauro

_____

h. aiutare le colleghe

_____

⇨ 14

10. Formate delle frasi sensate unendo i diversi elementi.

Chiami il tecnico,	a questo punto	il film è cominciato da mezz'ora.
Scriva subito una lettera,	però	possiamo partire.
Può chiedere alla collega	ormai	è arrivata la lettera?
Non vale la pena di entrare,	anzi	mandi un fax.
Puoi venire quando vuoi,	perché	io adesso non ho tempo.
Le valigie sono pronte:	tanto	sto a casa tutta la sera.
Prenota tu i biglietti	se	gli dica di venire subito.

⇨21

11. *Le o La?*

Gentile signora Rossi,

abbiamo ricevuto con interesse la Sua offerta di collaborazione

e siamo lieti di informar____ che già dal prossimo mese siamo in

grado di offrir____ alcune ore di contratto. ____ preghiamo

quindi di mettersi al più presto in contatto con l'ufficio del

personale della nostra azienda. Lieti di aver____ presto fra i

nostri collaboratori, ____ porgiamo i nostri più distinti saluti.

12. Completate lo schema.

	Tu	Lei	Voi
scusare	Scusa		
		Prenda	
			Sentite
spedire	Spedisci		
accomodarsi		Si accomodi	
			Riposatevi
andare	Va'		
avere		Abbia	Abbiate
		Dia	Date
			Dite
essere		Sia	Siate
			Fate
stare			
tenere			Tenete
venire		Venga	

129

13. Completate le frasi con le seguenti forme dell'imperativo.

(dia)   (venga)   (sia)   (tenga)   (abbia)

Nelle caselle evidenziate si leggerà il nome di una città italiana.

gentile, mi faccia entrare!

un po' di pazienza!

domani! Oggi non ho tempo.

pure il resto!

Mi   quelle fotocopie!

14. Le frasi nella colonna di sinistra sono dirette a un amico/un'amica. Che cosa si dice invece quando si dà del Lei?

a. Mario, vieni presto domani!   Signor Rossi, _____

b. Giovanna, tieni tu le chiavi!   Signorina, _____

c. Sta' tranquilla, non preoccuparti!   Signora, _____

d. Mi raccomando, va' piano con la moto!   _____

e. Le chiavi dalle alla vicina!   _____

f. Dimmi chi ha telefonato!   _____

g. Sii gentile, fammi un favore!   _____

h. Abbi pazienza, è un bambino!   _____

15. La signora Martini lascia alla segretaria il seguente messaggio. Completate le frasi.

Domani vengo ___ ufficio verso le 10.00. ___ raccomando di fotocopiare gli articoli che sono sul mio tavolo e di dar___ poi al dottor Righi. Le fotografie invece mi servono ancora, quindi ___ lasci lì. Se chiama il signor Vanzi, ___ dica di telefonare verso le 10.30 o le 11.00. Ancora una cosa: telefoni all'Alitalia e mi _____ un volo per Milano per giovedì sera. Se oggi deve andare via un po' prima, si _____ d'accordo _____ la sua collega. Bene. È tutto. A ____ tardi e buon lavoro!

Non lo sapevo!

4

1. Completate lo schema.

	io	tu	Lei lui/lei	noi	voi	loro
essere	*ero* _____	_____	_____	*eravamo*	*eravate*	_____
andare	_____	*andavi*	_____	_____	_____	*andavano*
prendere	_____	_____	*prendeva*	_____	*prendevate*	_____
sentire	*sentivo*	_____	_____	*sentivamo*	_____	*sentivano*
fare	_____	*facevi*	_____	_____	*facevate*	_____

5

2. Completate il dialogo con i verbi al passato prossimo o all'imperfetto.

▷ Ciao Klaus! (io-sapere) _____ che (tu-essere) _____ in Toscana.

☐ Sì, (essere) _____ all'isola d'Elba e (fare) _____ anche un corso di italiano.

▷ E come (essere) _____ organizzato il corso?

☐ La mattina (io-andare) _____ a lezione, (studiare) _____ e

dopo il corso (essere) _____ libero. A mezzogiorno (mangiare)

_____ qualcosa in un bar o in un self-service. Dopo di solito

(dormire) _____ un po', verso le cinque (andare) _____

al mare, (nuotare) _____, (prendere) _____ il sole o

(giocare) _____ a palla con gli amici. La sera (mangiare)

_____ in un ristorante o in una pizzeria in paese, a volte (andare)

_____ a ballare in una discoteca e poi, quando (essere)

_____ stanco, (andare) _____ a dormire.

3. Scrivete ora il racconto di Klaus usando il «si» impersonale.

La mattina si andava …

4. Leggete le frasi qui sotto e cercate di capire come si dice in italiano per ...

Non avere più soldi _____

capire qualcosa che
non si vuol far sapere _____

essere molto arrabbiato _____

spendere soldi
in continuazione _____

a. No, non possiamo vederci domenica.
Ci siamo visti troppo questa settimana. Se
ci vediamo ancora, mia moglie mangia la
foglia.

b. Mario guadagna bene, ma non riesce a
mettere da parte una lira perché ha le
mani bucate.

c. Stamattina si è rotta la macchina, poi ho
perso l'autobus e ho dovuto aspettare per
mezz'ora sotto la pioggia. Quando sono arrivato in ufficio avevo un diavolo per capello.

d. Niente vacanze quest'anno. Abbiamo
comprato una macchina nuova e adesso
siamo al verde.

5. Che cosa hanno fatto?

Dopo le ferie alcuni amici si incontrano e parlano delle loro vacanze.
Attribuite a ogni persona uno dei testi qui sotto e proseguite il racconto.
Usate anche gli avverbi di tempo:
*la mattina, il pomeriggio, la sera, prima, poi, generalmente, di solito, spesso,
a volte*, etc.

Tommaso: Io ho attraversato l'Italia in
motocicletta …

Anna: Io sono stata in montagna …

Carla e Lucia: Noi siamo state al mare …

Marta e Paolo: Noi siamo stati a Roma …

a. Dormire fino a tardi, mangiare qualcosa,
andare in spiaggia, restare lì fino alle sei,
tornare a casa, fare un po' di spesa, cenare,
incontrare gli amici in un bar, andare in
discoteca.

b. Svegliarsi presto, fare colazione, partire,
arrivare in qualche città o paese, visitare il
posto, mangiare un panino, ripartire,
fermarsi a fare fotografie, andare in
qualche altra città, cercare una pensione,
cenare, andare a letto.

c. Alzarsi presto, fare colazione, prendere la
macchina, arrivare ai piedi della montagna,
cominciare a salire, fare una pausa per il
pranzo, cominciare a scendere prima di sera,
ritornare a casa.

d. Non svegliarsi troppo tardi, prendere un
cappuccino in un bar, visitare i monumenti
e i musei, mangiare in qualche trattoria,
ritornare in albergo, riposarsi un po', uscire
verso le otto, cenare, fare una passeggiata
per il centro.

6. Quattro italiani famosi. Chi sono?

a. _____ **b.** _____ **c.** _____ **d.** _____

Completate i testi con il passato prossimo o l'imperfetto
e cercate di scoprire l'identità dei quattro
famosi italiani.

a. (Ripetere) _____ a tutti che la terra (essere) _____ rotonda e,

per dimostrarlo, un giorno (partire) _____ con tre navi ed

(arrivare) _____ in un continente nuovo. Chi è?

b. (Andare) _____ in giro a piedi per l'Italia, (dormire) _____

per terra e (parlare) _____ con la gente e con gli animali. Una

volta (parlare) _____ a lungo agli uccelli. Chi è?

c. Veneziano al cento per cento, da bambino (volere) _____

studiare per diventare prete, ma (avere) _____ una passione

troppo grande per le donne, per il gioco e per i viaggi. Il suo nome

(diventare) _____ sinonimo di Don Giovanni. Chi è?

d. (Amare) _____ molto il colore rosso, ma anche il bianco e il

verde. (Essere) _____ sempre in giro per il mondo nei paesi dove

(esserci) _____ qualche guerra. Un giorno insieme a mille amici

(partire) _____ per la Sicilia per fare l'Italia unita.

Chi è?

7. Inserite i verbi coniugandoli all'imperfetto.

Cara Paola,

che giorni abbiamo passato in montagna! Che pace! Che tranquillità! Tutte le

mattine io _____ non prima delle dieci. Poi _____ una bella   svegliarsi, fare

colazione e allo stesso tempo _____ la radio. Fuori in giardino   ascoltare

Maria, che _____ in piedi già dalle otto, _____ il sole. Verso le undici   essere, prendere

_____ insieme a fare una passeggiata nel bosco o _____   andare, scendere

in paese a fare la spesa. Il pomeriggio _____ sempre qualche escursione   fare

nei dintorni. La sera si _____ a casa o si _____ al cinema in paese,   restare, andare

o qualche volta ci _____ a trovare qualche amico di Milano e spesso   venire

_____ anche a dormire.   restare

8. Ascoltate attentamente il dialogo 11 a pagina 198 (libro di testo) e segnate la sillaba della parola su cui cade l'accento di frase.

- ☐ E così hai imparato il francese.
- ○ Beh, no, / io conoscevo già il francese.
- ☐ Ah!... Lo parlavi già?
- ○ E beh, certo, / perché io ... non lo sapevi? / Io ho studiato il francese all'università.
- ☐ Ah!
- ○ Mi sono laureato in francese.
- ☐ Ah! / Non lo sapevo proprio.

⇨ 13

9. Completate le frasi con i verbi alla forma necessaria (passato prossimo o imperfetto).

a. Franca e Ugo hanno già due figli. Voi non lo (sapere)

_____ ancora?

b. Silvana (conoscere) _____ Giacomo al corso di tedesco.

c. Quando Giorgio (andare) _____ ad abitare a Parigi, non

(parlare) _____ ancora il francese e non (conoscere)

_____ ancora nessuno lì.

d. Stamattina (io – sapere) _____ che Adriana si laurea
la settimana prossima.

e. Quando (trasferirmi) _____ a Londra, non (sapere)

_____ una sola parola in inglese.

f. Come (tu – sapere) _____ che adesso Michele lavora
in banca?

g. Tre anni fa noi non (conoscere) _____ ancora i

signori Rossetti: (conoscerli) _____ l'estate scorsa.

h. (Io – sapere) _____ che vai a stare in campagna. È vero?

**10. Patrizia parla delle sue ferie. Non ha però coniugato
i verbi alla forma giusta. Aiutatela.**

La vacanze purtroppo sono finite. Peccato perché quest'anno (divertirmi)

_____ moltissimo, anche se (fare) _____ un corso di

lingua e (studiare) _____ molto. Dunque: (io – essere) _____

a Cambridge. Il college (essere) _____ molto bello ed (essere) _____

vicinissimo al centro della cittadina. Tutte le mattine (esserci) _____

le lezioni dalle nove a mezzogiorno, poi si (andare) _____ a mangiare

– ed io (mangiare) _____ sempre benissimo nonostante la cattiva

fama che ha la cucina inglese. Poi il pomeriggio si (studiare) _____

ancora, e alle cinque si (finire) _____ e noi tutti (prendere)

_____ il tè insieme. Poi (essere) _____ liberi, e siccome lì

(esserci) _____ luce fino alle dieci, (andare) _____ in giro per

la città che è bellissima. La sera io (andare) _____ spesso al pub con

gli amici e lì (mangiare) _____ delle ottime patatine e (bere)

_____ la birra inglese che è davvero speciale. Insomma è stata una

bella vacanza: (divertirmi) _____ e soprattutto (migliorare)

_____ il mio inglese che prima, devo dire, non (parlare)

_____ tanto bene.

⇨ 16 **11. Completate le frasi con il gerundio dei seguenti verbi.**

> andare   fare   giocare   guardare   leggere   visitare

a. Vittorio è diventato famoso _____ a tennis.

b. Ha guadagnato un sacco di soldi _____ il rappresentante.

c. Ho preso la maturità _____ a scuola la sera.

d. Lia ha trovato lavoro _____ gli annunci sul giornale.

e. Abbiamo passato la serata _____ la televisione.

f. Quando pioveva passavamo il tempo _____ i musei.

⇨ 17 **12. Completate le frasi con *che* o *di* ed eventualmente con l'articolo determinativo.**

> Esempio: Il ragazzo è più dinamico *della* ragazza.
> Viaggiamo più in treno *che* in aereo.

a. Alessandra è più simpatica _____ Carla.

b. Andiamo più volentieri al mare _____ in montagna.

c. Mangio più spesso il pesce _____ la carne.

d. Il pesce è più caro _____ carne.

e. Milano è più piccola _____ Roma.

f. Beviamo più vino _____ birra.

g. Ci divertiamo più con Mario _____ con Carlo.

h. La macchina di Piero è più veloce _____ mia.

i. Giochiamo più volentieri a calcio _____ a tennis.

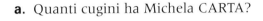

13. L'albero genealogico.

Rispondete alle domande.

a. Quanti cugini ha Michela CARTA?

_____

b. Cosa è Anna BO per Carlo CARTA?

_____

c. Quante zie ha Agnese GRECO?

_____

d. Cos'è Marta CARTA per Mario RENZI?

_____

e. Cos'è Antonia NASSI per Marta CARTA?

_____

f. Cos'è Anna BO per Antonia NASSI?

_____

14. Cruciverba.

Orizzontali:
2. Lo è Mario per Matteo.
3. Lo è Mario per Alberto.
6. Michela lo è per Sandra.
7. Alfredo lo è per Agnese.
9. Lo sono Alfredo e Marta.
12. Lo è Alberto per Antonia.
13. Lo è Marta per Agnese.
14. Lo è Agnese per Renato e anche per Alberto.

Verticali:
1. Lo è Carlo per Alberto.
4. Lo è Anna per Antonia.
5. Lo è Sandra per Agnese.
6. Lo sono Matteo e Antonia per Angela.
8. Lo è Marta per Ugo.
10. Lo sono Alberto e Anna per Agnese.
11. Lo è Ugo per Marta.

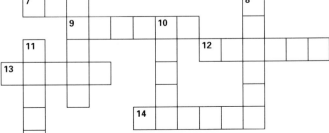

15. Ritornate all'albero genealogico della famiglia Carta e completate quindi il testo.

Alberto Carta parla della sua famiglia:

Mi chiamo Alberto Carta, ho 56 anni e lavoro in una banca qui a

Piacenza. I miei _____ si chiamano Matteo e Antonia e adesso

abitano a casa nostra perché sono molto anziani. Ho anche un _____

più grande, Carlo, e una _____ più piccola, Erminia, tutti e due sposati.

Erminia e suo _____ abitano a Bologna perché Mario, mio _____,

ha trovato lavoro lì. Erminia e Mario hanno un _____ che si è sposato

da poco. La loro _____ si chiama Gina. Carlo e mia _____ Angela

hanno tre _____, quindi io in tutto ho quattro _____. Anna ed io ci

siamo sposati trenta anni fa e dopo due anni abbiamo avuto una

_____ che si chiama Marta. Anche lei è sposata. Suo _____ si

chiama Ugo ed io vado molto d'accordo con lui perché, come me, si

interessa di sport e la domenica guardiamo insieme la partita alla TV. Ugo

e Marta due anni fa hanno avuto una _____, quindi Anna ed io

adesso siamo _____. Agnese, mia _____, è molto carina: ha i capelli

castani e gli occhi verdi. Quando mia _____ e mio _____ vengono

a trovarci con Agnese, è sempre una grande gioia perché la bambina

adesso comincia a parlare e a voler giocare con tutti.

16. Come sarebbe la lettera a pagina 202 (libro di testo) se scritta da Beatrice?

Cara Signora Mocchetti,
La ringrazio tanto dei begli orecchini che ha voluto regalare
a mia figlia Alessia e ...

⇨ 21

17. Completate lo schema.

un	bel	regalo	due	_____	regali
un	_____	armadio	due	begli	armadi
un	bello	scialle	due	_____	scialli
una	_____	bambina	due	belle	bambine
una	_____	automobile	due	_____	automobili

18. Al mercato delle pulci.

Rita e Alberto sono al mercato delle pulci e vedono molte
belle cose. Fate i dialoghi secondo il modello.

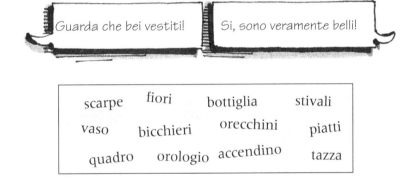

Guarda che bei vestiti!   Sì, sono veramente belli!

scarpe	fiori	bottiglia	stivali
vaso	bicchieri	orecchini	piatti
quadro	orologio	accendino	tazza

GLOSSARIO

LEZIONE 1

㉑

la scuola _____

ora _____

la camera _____

la famiglia _____

LEZIONE 2

④

gasata _____

naturale _____

⑬

il giornale _____

⑲

il rito _____

ripetere _____

tante volte _____

alcuni bar _____

il cliente abituale _____

l'abbonamento _____

dire caffè e dire espresso _____
 è la stessa cosa _____

esistono diversi tipi _____
 di caffè _____

ristretto _____

doppio _____

lungo _____

macchiato _____

corretto _____

ottimo _____

dopo un pranzo _____
 abbondante _____

avere problemi di cuore _____

decaffeinato _____

la regione _____

normale _____

al sud _____

in estate _____

la granita di caffè _____

ghiacciato _____

un modo simpatico _____

la mattina _____

se _____

㉒

la marmellata _____

il miele _____

leggere _____

LEZIONE 3

⑮

fra _____

lungo _____

il proprietario _____

preparare _____

mettere in ordine _____

fare la spesa _____

il dépliant _____

spiegare _____

le ville del Palladio _____

ideale _____

riposare _____

in punto _____

il cliente _____

entrare _____

⑲

è condotto in proprio da _____

sin dal 1946 _____

completamente _____
 rinnovato _____

nelle sue strutture _____

situato nel centro storico _____

l'ambiente (*m.*) _____

curato _____

confortevole _____

tutte le camere _____

essere dotato _____

la filodiffusione _____

la cucina _____

conosciuta per la sua _____
 genuinità _____

la tradizione _____

assieme a _____

famoso _____

il rosatello _____

prodotto _____

direttamente _____

dai vigneti di proprietà _____

140

LEZIONE 4

④
egizio _____
prossimo _____
laggiù _____

⑦
l'incrocio _____

⑩
favoloso _____
la pagina _____

⑫
l'esame (*m.*) _____
il dolce _____

⑬
l'orologio _____

⑯
giocare _____

LEZIONE 5

⑥
fra _____

⑱
l'esperto _____
la guida _____

⑲
la Scozia _____

⑳
l'eleganza _____
vanitoso _____
per questo _____
vestire _____
la vanità _____
il difetto _____
che c'è di male _____
curare _____
l'aspetto _____
il proprio aspetto _____
combinare _____

portare _____
per natura _____
anzi _____
alcuni _____
correggere _____
comunque _____
ostentare _____
l'errore (*m.*) _____
per quale motivo _____
la donna _____
robusta _____
la fa sembrare … _____
mostrare _____
nascondere _____
a questo punto _____
come mai? _____
la somma _____
enorme _____
senza mai arrivare ad
   essere minimamente
   eleganti _____
il portafoglio _____
il gusto _____
la qualità _____
purtroppo _____
la bellezza _____
regalare _____

LEZIONE 6

③
siccome _____

④
andare ad abitare _____

⑤
l'ex compagno di scuola _____

⑨
il viaggio organizzato _____
la cupola _____
la fattoria _____
il corso di pittura _____
la gondola _____

⑪
la macchina fotografica _____

(14)

sereno

velato

poco nuvoloso

nuvoloso

molto nuvoloso

variabile

la neve

la pioggia

la grandine

il temporale

la nebbia

il vento debole

il vento moderato

il vento forte

il mare calmo

il mare mosso

il mare molto mosso

il mare agitato

(15)

presto

il traffico

la strada statale

l'oretta

ideale

il pullman

pieno

la pace

cantare

giocare a palla

il rumore

andare via

purtroppo

neanche

a casa nostra

il balcone

(18)

intensivo

straniero

(21)

l'anfiteatro

romano

esistente

la construzione

risalire

la costruzione risale a
    ... dopo Cristo

la forma

ovale

la fila

il gradino

la gradinata

lo spettatore

avere luogo

la stagione operistica

il mondo

il programma

interpretato

l'artista

noto

inoltre

due ore prima

occupare

i posti migliori

cantare

numerato

la poltrona

l'orchestra

suonare

accendere

la candelina

illuminato

lo stadio

in un certo senso

LEZIONE 7

(11)

fra le principali città

la carrozza

la riservazione

il rimborso

nei casi previsti

il caso

il limite

il bonus risarcitorio

l'acquisto

il titolo di viaggio

superiore

(12)

l'estero

(13)

dipendere _____

la circostanza _____

frequente _____

il centro _____

attendere _____

la rete ferroviaria _____

incoraggiare _____

il trasporto _____

favorire _____

raggiungere _____

cosiddetta _____

la corriera _____

efficacemente _____

sostituire (-isc) _____

risentire _____

in compenso _____

il vagone ristorante _____

generoso _____

il piatto _____

la pasta _____

al dente _____

dimenticare _____

in fondo _____

il ristorante di lusso _____

il conto _____

LEZIONE 8

(5)

aiutare _____

correre _____

(9)

fare la spesa _____

(10)

annoiarsi da morire _____

avvincente _____

(12)

la pace _____

in tutt'altro modo _____

(13)

suonare _____

farsi la barba _____

vestirsi _____

pronto _____

il ragazzo _____

asciugarsi _____

truccarsi _____

pettinarsi _____

arrabbiarsi _____

occupato _____

sbrigarsi _____

mettersi _____

(14)

in occasione _____

particolare _____

la cerimonia _____

il battesimo _____

la prima comunione _____

le nozze _____

regalare _____

il confetto _____

la mandorla _____

il sacchetto _____

il tulle _____

il bigliettino _____

il festeggiato _____

l'avvenimento _____

il rinfresco di
    matrimonio _____

la presenza _____

il regalo _____

la bomboniera _____

l'oggetto _____

l'argento _____

la porcellana _____

dispari _____

portare fortuna _____

la tradizione _____

resistere _____

tradizionale _____

il fidanzamento _____

la laurea _____

LEZIONE 9

(4)

il cane _____

⑨

veloce _____

ricco _____

lussuoso _____

lo stilista _____

il polso _____

costoso _____

intenso _____

⑩

il mazzetto _____

il tegame _____

regolare _____

grossolanamente _____

al dente _____

scolare _____

⑮

l'appartamento _____

⑯

l'osteria _____

il più delle volte _____

la sorpresa _____

esposto _____

correre il rischio _____

salato _____

saltare _____

restare sorpreso _____

sono segnate due voci _____

il coperto _____

il servizio _____

soddisfatto _____

la mancia _____

per legge _____

rilasciare _____

la ricevuta fiscale _____

il diritto _____

il dovere _____

LEZIONE 10

⑤

il cassetto _____

la commedia _____

⑦

il libro di storia _____

⑨

diffuso _____

il passatempo _____

estremamente _____

semplice _____

richiedere _____

l'abilità _____

la fortuna _____

il legno _____

la plastica _____

il cartellone _____

il cartone _____

con 90 numeri stampati _____

la cartella _____

dove sono
  riportati 15 numeri _____

secondo un preciso
  criterio matematico _____

con i soldi ottenuti _____

estrarre _____

ad alta voce _____

stampato _____

coprire _____

usare _____

la buccia _____

il mandarino _____

in linea orizzontale _____

gridare _____

ritirare _____

divertente _____

l'atmosfera _____

spiritoso _____

il significato _____

significare _____

la paura _____

la gamba _____

popolare _____

esperto _____

esclusivamente _____

⑬

la traduzione _____

gentile _____

⑭

la notizia _____

è successo _____

LEZIONE 11

① 1

adeguato _____

la carriera _____

④ 4

la scusa _____

dare un permesso _____

⑤ 5

è nato _____

nascere _____

crescere _____

definirsi _____

milanese di adozione _____

da ragazzo _____

il risultato _____

la giurisprudenza _____

la svolta _____

abbandonare _____

la compagnia _____

il regista cinematografico _____

il successo _____

l'amicizia _____

l'amore (m.) _____

la complicità _____

l'allegria _____

fare un ritratto _____

i soliti giocosi arruffoni _____

a volte _____

triste _____

geniale _____

sognatore _____

lo schermo _____

⑥ 6

licenziarsi _____

il reparto amministrativo _____

il responsabile _____

l'ufficio contabilità

generale _____

S.p.A. (società per azioni) _____

⑦ 7

cittadinanza _____

lo stato civile _____

celibe _____

nubile _____

vedovo _____

separato _____

divorziato _____

il servizio militare _____

assolto _____

la residenza _____

il titolo di studio _____

ottimo _____

buono _____

sufficiente _____

il soggiorno all'estero _____

⑪ 11

soddisfatto _____

chiacchierare _____

⑫ 12

successivo _____

⑬ 13

il meccanico _____

guadagnare _____

l'affitto _____

permettersi _____

LEZIONE 12

② 2

la mangiata _____

fare una pazzia _____

⑦ 7

lo spazio _____

la rata _____

pagare a rate _____

isolato _____

⑬ 13

mettere da parte _____

il mondo _____

abbandonare _____

è un peccato _____

la fabbrica _____

spendere _____

⑭ 14

l'economia _____

la preparazione _____

la condizione _____

145

GLOSSARIO

⑮

veloce _____

il latino _____

⑯

il porto _____

la nave _____

noleggiare _____

LEZIONE 13

②

lentamente _____

⑪

ricordarsi _____

il chiasso _____

disfatto _____

⑫

il tranquillante _____

⑭

confondersi _____

il trucco _____

il segreto _____

dare nell'occhio _____

l'accorgimento _____

ritagliare _____

la copertina _____

la guida _____

incollare _____

il libriccino _____

a seconda se ... _____

indossare _____

i sandali _____

il cielo _____

sorseggiare _____

qualsiasi tipo di bevanda _____
    vi venga spacciata per _____
    caffè _____

fingere _____

il cambio di valuta _____

nascondere _____

copiare _____

riempire _____

a vanvera _____

lo spazio _____

il francobollo _____

LEZIONE 14

③

buio _____

l'alba _____

⑤

l'ufficio pubblicitario _____

stressante _____

promettere _____

l'aumento di stipendio _____

LEZIONE 15

②

la palla _____

⑥

la terra _____

rotondo _____

dimostrare _____

per terra _____

l'uccello _____

il prete _____

il sinonimo _____

amare _____

la guerra _____

⑩

nonostante _____

la fama _____

siccome _____

c'è luce _____

la luce _____

⑮

la gioia _____

LEZIONE 1

1. Ciao, Angela.
Ciao, Mario.
Come stai?
Bene, grazie, e tu?
Bene anch'io, grazie.

2. Buongiorno (buona sera), signora Mancini.
Buongiorno (buona sera), signor Riccardi.
Come sta?
Bene, grazie, e Lei?
Bene anch'io, grazie.

3. Gianna, posso presentarti il mio amico Vincenzo?
Vincenzo, questa è Gianna.
Dottor Rossi, posso presentarLe la signora Bianchi?
Signora Bianchi, il dottor Rossi.

4. 1. spagnolo 2. portoghese 3. greca 4. italiano
5. svizzero 6. francese 7. tedesca 8. inglese 9. turco
10. americano 11. austriaco → *Arrivederci*

5. 1. ŋ 2. g 3. λ 4. λ 5. ʧ, k 6. k 7. ʤ 8. ʤ
9. ʧ 10. ŋ 11. ʧ 12. g 13. ʧ 14. g 15. ʤ
16. g 17. λ 18. ʧ

6. Come si chiama?
(E) Lei è austriaca?
Di dove? / Di dov'è?
Kufstein … dov'è?

7. Parigi – Francia
Londra – Inghilterra
Atene – Grecia
Berna – Svizzera
Vienna – Austria
Tokio – Giappone
Il Cairo – Egitto
Pechino – Cina
Lisbona – Portogallo
Dublino – Irlanda
Varsavia – Polonia
Berlino – Germania

8. Ma Lei parla benissimo l'italiano. / Complimenti.
Grazie. / Perché mio marito è italiano.
Ah, è per questo! / E Lei è qui in vacanza?
No, magari! / Sono qui per lavoro.
E che lavoro fa?
Sono architetto.

9. (Mi chiamo) Markus Maier.
Sì, (sono tedesco).
Di Magonza.
No, (magari!), sono qui per lavoro.
Sono insegnante.

10. otto, nove, tre, dieci, cinque, uno → *Torino*
sette, undici, tredici, diciannove, quindici, due, sei, quattro → *Siracusa*

nove, due, cinque, tredici, zero, dodici, diciassette → *Venezia*

diciassette, quindici, sedici, venti, quattordici → *Siena*

11. a. amico b. festa c. Germania d. magari e. coca cola
f. salute

12. ti chiami – mi chiamo – sei – sono – abito – fai – lavoro – vuoi

13. un – una – un – un – uno – un' – una – un – un'

14. Si chiama – italiana – abita – parla – l' – il – lavora;
Si chiama – è tedesco – di – abita – a – conosce – l' – lo – lavora – una;
Si chiama – è – svizzera – abita – a – parla – l' – il – capisce – lo;

15. a. il b. il c. Il d. la e. il f. il

16. a. è – è b. siamo c. sono – sei d. è – E' e. è f. siamo

17. stare: sto, stai, sta
fare: faccio, fai, fa
volere: voglio, vuoi, vuole

18. a. stai b. fa c. vuoi d. sta e. sta f. fai g. vuole
h. voglio

19. a. di – a – a b. in – per c. in d. a – da e. in – a

20. chiamarsi: mi chiamo, ti chiami, si chiama
parlare: parlo, parli, parla
studiare: studio, studi, studia
cercare: cerco, cerchi, cerca
vivere: vivo, vivi, vive
conoscere: conosco, conosci, conosce
sentire: sento, senti, sente
preferire: preferisco, preferisci, preferisce
capire: capisco, capisci, capisce

21. a. Mi chiamo – sono – abito – lavoro – parlo / conosco – conosco / capisco;
b. Mi chiamo – sono – abito – lavoro – voglio;
c. Mi chiamo – sono – abito – Parlo – conosco / capisco – studio;
d. Mi chiamo – sono – studio – sono – abito – cerco – voglio;
e. Mi chiamo – sono – lavoro – Parlo / capisco / conosco – voglio;

LEZIONE 2

1. Senti, io ho sete. Andiamo in quel bar?
Buona idea. Ho sete anch'io e poi sono anche stanco.
Ci sediamo dentro o fuori?
Beh, ma dentro, no? Fuori fa un po' freddo, dai!

2. dica – senta – vorrei – va bene – mah …

3. a. Una birra grande **b.** Un tè freddo **c.** Una coca cola piccola **d.** Un cappuccino, ma caldo **e.** un caffè tedesco **f.** un bicchiere di vino bianco **g.** una coca cola grande

4. … l'acqua minerale gasata o naturale?
… il latte caldo o freddo?
… il vino rosso o bianco?
… l'aranciata dolce o amara?
… l'aperitivo alcolico o analcolico?

5. 1. cappuccino 2. panino 3. vino 4. pizzetta 5. birra
6. aranciata 7. toast → *Cinzano*

6. [ʧ] cetriolini, carciofini
[ʤ] formaggio, asparagi
[k] crudo, cotto, speck, zucchine, radicchio
[g] funghi, gamberetti
[ʃ] prosciutto

7. la spremuta → le spremute
l'aranciata → le aranciate
il cappuccino → i cappuccini
il gelato → i gelati

8. una – un – un – un' – un – uno – un – un – una – una – una – una – un – un – un

limonate – cappuccini – caffè – aranciate – aperitivi – strudel – tè freddi – medaglioni caldi – cioccolate calde – birre fredde – spremute d'arancia – birre alla spina – bicchieri di latte – gelati con panna – whisky con ghiaccio

9. Senta! – Vorrei – prendo/vorrei – raccomando – avete – Abbiamo – Avete/Ci sono – prendo – senta, potrebbe

10. il corso → i corsi
il gelato → i gelati
l'amico → gli amici
l'aperitivo → gli aperitivi
lo strudel → gli strudel
lo spagnolo → gli spagnoli
lo zero → gli zeri
la pizzetta → le pizzette
la birra → le birre
l'aranciata → le aranciate
l'amica → le amiche

11. giorni – medaglione – turisti – caffè – toast;
fotografie – turiste – pensione – amica – città;

a. I sostantivi in -o e quelli in -e.
b. I sostantivi femminili in -a.
c. I sostantivi che terminano con una consonante o con una vocale su cui cade l'accento.

12. è – siamo – frequentiamo – abitiamo – stiamo – state – andate

13. a. c'è **b.** ci sono **c.** c'è **d.** ci sono **e.** c'è **f.** ci sono **g.** ci sono

14. per – in – alla – Alla – con – con – con – a

15. quant' – Sono – Lei – ha – tenga – Grazie

16. a. strudel **b.** birra **c.** spremuta **d.** crema

17. a. mi va **b.** dai **c.** mi raccomando **d.** altrettanto **e.** allora **f.** in fondo

18. Tenga – Senti – scusi? – Senti, scusa – Dica

19. a. v **b.** v **c.** f **d.** f

20. 1. lungo 2. corretto 3. ristretto 4. macchiato
5. doppio → *Greco*

21. lavorare: lavoro, lavori, lavora, lavoriamo, lavorate, lavorano
mangiare: mangio, mangi, mangia, mangiamo, mangiate, mangiano
pagare: pago, paghi, paga, paghiamo, pagate pagano
prendere: prendo, prendi, prende, prendiamo, pendete, prendono
conoscere: conosco, conosci, conosce, conosciamo, conoscete, conoscono
offrire: offro, offri, offre, offriamo, offrite, offrono
preferire: preferisco, peferisci, preferisce, peferiamo, preferite, preferiscono
essere: sono, sei, è, siamo, siete, sono
avere: ho, hai, ha, abbiamo, avete, hanno
andare: vado, vai, va, andiamo, andate, vanno
stare: sto, stai, sta, stiamo, state, stanno
fare: faccio, fai, fa, facciamo, fate, fanno

a. La prima persona singolare (-o), la seconda persona singolare (-i) e la prima persona plurale (-iamo).
b. Prendono una -h- alla seconda persona singolare e alla prima persona plurale.
c. La pronuncia è /ʃ/ davanti alla -e e alla -i e /k/ davanti alla -o.
d. Preferire ha il suffisso -isc- nelle tre persone singolari e nella terza persona plurale.

22. a. fate – preferite – facciamo – beviamo – mangiamo – leggiamo – tornate – abbiamo – mangiamo – andiamo
b. sono – abitano – fanno – preferiscono – mangiano – bevono – leggono – tornano – hanno – mangiano – vanno

23. a. bevo – vado – faccio – prendo – lavoro – ho – peferisco – vado
b. va – fa – prende – Lei lavora – ha – peferisce – va

24. a. Franco non parla bene l'inglese. **b.** Giorgio non ha molto tempo. **c.** Il cappuccino non mi piace molto. **d.** Oggi non fa caldo. **e.** Mio marito non si chiama Giuseppe. **f.** Non ho sete. **g.** Non siamo molto stanchi. **h.** Karin non è tedesca. **i.** A Siena non ci sono molti turisti. **j.** Non ti va una birra? **k.** Fuori non c'è posto. **l.** Io non mi chiamo Mario.

LEZIONE 3

1. prenotata – momento – singola – bagno – esattamente – chiave – numero – documento – passaporto

2. **a.** cinque – ventuno – mille – sessantasei – quattordici – sessantadue – novantatré – ottantotto – quarantanove → *Quisisana*
b. dodici – trentasette – cinquantanove – venticinque – sedici – mille – seicento → *Danieli*

3. **a.** diamo **b.** danno **c.** do **d.** dai **e.** dà **f.** date

4. Sono le nove e quindici (le nove e un quarto); Sono le tre e venticinque; Sono le dieci e quarantacinque (le undici meno un quarto); Sono le quattro e trentacinque; È mezzogiorno / è mezzanotte; È l'una; Sono le nove e quaranta (le dieci meno venti); Sono le sette e trenta (le sette e mezzo)

5. **a.** perché; L'albergo è in centro, quindi è un po' caro.
b. quindi; Non ci sono camere libere perché dal 3 al 5 maggio c'è un congresso.
c. perché; La stanza dà sulla strada, quindi è rumorosa.
d. quindi; Hans parla bene l'italiano perché vive in Italia.

6. alle otto; dalle nove alle cinque; dall'una alle due; alle otto e trenta (alle otto e mezzo); alle undici

7. esattamente – eventualmente – certo – ovviamente – assolutamente

8. **a.** con – per **b.** in **c.** da **d.** a **e.** in **f.** con

9. Albergo Regina

10. **a.** perché **b.** se **c.** comunque **d.** quindi **e.** e

11. Possibile soluzione:
Bratke, buongiorno. Vorrei prenotare una camera doppia dal 13 al 19 luglio. E' possibile?
Bene. Quanto viene la camera?
D'accordo.
Bratke.
Bratke. Bologna, Roma, Ancona, Torino, Kappa, Empoli.
Grazie. Arrivederci.

12. **1.** bene **2.** freddo **3.** rumoroso **4.** aperto **5.** ultimo **6.** caro → *brutto*

13. da – la – di – con – dal – al – un – di - al – di – una – saluti

14. febbraio, marzo, aprile, maggio, giugno, luglio, agosto, settembre, ottobre, novembre, dicembre.

15. c'è – si chiama – ha – fa – prepara – mette – lavorano – vanno – parlano – è – ci sono – spiegano – è – danno – è – ha – danno – sono – vuole – chiude – va – fa – entra

16. un – un' – un – una – un – un' – un – un – una; amici – amiche – tedeschi – tedesche – austriaci – austriache – alberghi – marchi – banche

17. **a.** di – a – da **b.** in – a **c.** in **d.** in **e.** con – di **f.** in – per **g.** con – con – di **h.** in – per

18. **a.** con – per **b.** al – all' **c.** sul **d.** dalle – alle **e.** da – all' **f.** dalle – alle

19. **a.** Del Grande **b.** Dal 1946 / da … anni **c.** Ad Arco **d.** Bagno-doccia, servizi, telefono, televisore e filodiffusione **e.** Rosatello

LEZIONE 4

1. Scusi, ...   Prego, dica.
Mi può dire ...   Mi dispiace ...
La ringrazio.   Prego. Non c'è di che.

2. **1.** edicola **2.** macchina **3.** distributore **4.** ponte **5.** autobus **6.** fermata

3. A = farmacia   E = fermata
B = edicola   F = bar
C = supermercato   G = chiesa
D = cinema   H = museo

4. **a.** al – all' **b.** al – alla **c.** al – alla **d.** al **e.** al

5. **a.** è – c'è **b.** ci sono – sono **c.** sono – ci sono **d.** c'è – è **e.** è – c'è

6. **a.** lo **b.** li **c.** la **d.** lo **e.** le **f.** le

7. può – vorrei – sa – va – prende – arriva – attraversa – va – è – vede

8. museo – fermata – edicola – semaforo – sempre

9. distributore – angolo – semaforo – sinistra – di fronte

10. **a.** dei **b.** degli **c.** degli **d.** del **e.** dello **f.** delle **g.** delle **h.** delle – dei

11. potere: posso, puoi, può, possiamo, potete, possono
dovere: devo, devi, deve, dobbiamo, dovete, devono
volere: voglio, vuoi, vuole, vogliamo, volete, vogliono
sapere: so, sai, sa, sappiamo, sapete, sanno
venire: vengo, vieni, viene, veniamo, venite, vengono
uscire: esco, esci, esce, usciamo, uscite, escono

12. **a.** devo **b.** possiamo **c.** possono – devono **d.** possiamo – dobbiamo **e.** vuoi **f.** vogliono **g.** dovete **h.** Volete / potete **i.** posso – Devo **j.** può **k.** Vuole **l.** vogliono

13. **a.** esci – esco **b.** sa – so **c.** Vengono – escono **d.** sapete – sappiamo **e.** viene – vengo

14. a. è **b.** sono **c.** c'è **d.** ci sono **e.** sono **f.** C'è **g.** Ci sono **h.** è

15. perché – comunque – Se – Altrimenti – quando

16. a. Ogni **b.** Tutti i **c.** Ogni **d.** Tutti gli **e.** Ogni **f.** Ogni **g.** Ogni **h.** Tutte le

17.

	il	lo	la	l'
a	al	allo	alla	all'
da	dal	dallo	dalla	dall'
di	del	dello	della	dell'
in	nel	nello	nella	nell'
su	sul	sullo	sulla	sull'

	i	gli	le
a	ai	agli	alle
da	dai	dagli	dalle
di	dei	degli	delle
in	nei	negli	nelle
su	sui	sugli	sulle

18. a. alle – all' **b.** ai **c.** all' **d.** allo **e.** al

a. dell' **b.** della **c.** dell' **d.** del

a. sul **b.** sulla **c.** sulla **d.** sul

a. dal **b.** Dal **c.** dall' **d.** dalle **e.** dagli

a. Nel **b.** Nella **c.** Negli **d.** nei **e.** Nelle

LEZIONE 5

1. Buongiorno.
Buongiorno. / Dica.
Senta. / Ieri mia moglie mi ha comprato questo pullover.
Però, è un po' grande e poi, / detto tra noi, / il colore / non mi piace per niente.
Non Le piace.
E allora, non so. / Si può cambiare?
Be', si può cambiare / se Lei ha lo scontrino.
Come no! / Eccolo qua.

2. 1. camicia **2.** pantaloni **3.** gonna **4.** cappotto **5.** pullover **6.** impermeabile **7.** giacca → *cintura*

3. Questi guanti non mi piacciono. Si possono cambiare?
Questi calzini non mi piacciono. Si possono cambiare?
Questa sciarpa non mi piace. Si può cambiare?
Queste camicie non mi piacciono. Si possono cambiare?
Questo pullover non mi piace. Si può cambiare?
Questa giacca non mi piace. Si può cambiare?

4. Aldo ha la giacca viola, i pantaloni rossi, il cappello bianco e le scarpe verdi.
Bruno ha il cappello verde, le scarpe bianche, la giacca rossa e i pantaloni viola.
Carlo ha le scarpe rosse, la giacca bianca, i pantaloni verdi e il cappello viola.
Dario ha il cappello rosso, la giacca verde, i pantaloni bianchi e le scarpe viola.

5. a. Quell' ... – No, è piccolo.
b. Quella ... – No, è rumorosa.
c. Quel ... – No, è lontano.
d. Quei ... – No, sono chiusi.
e. Quel ... – No, è vicino.
f. Quel ... – No, è dolce.
g. Quel ... – No, è economico.
h. Quegli ... – No, sono analcolici.

6. a. quell' – Quello – quello **b.** Quella – Quella – quella **c.** Quelle – Quella – quella **d.** quel – quei

7. a. piace **b.** sembra **c.** piacciono – sembrano **d.** piace **e.** sembrano **f.** piace

8. gratuito – tranquillamente – comodo – silenziosamente – tipico – direttamente – certo – esattamente – freddo – veramente – elegantemente – facilmente – difficile – normalmente – generalmente – confortevole – possibilmente – regolare

a. L'avverbio si forma aggiungendo il suffisso *-mente* alla forma femminile dell'aggettivo.
b. Quando l'aggettivo termina in *-e* si aggiunge direttamente il suffisso *-mente*.
c. Si aggiunge il suffisso *-mente* direttamente dopo la -l- o la -r- e la -e finale scompare.

9. a. gratuitamente **b.** tranquillo **c.** normalmente **d.** comode **e.** facilmente **f.** perfettamente **g.** veramente **h.** generalmente

10. a. buono **b.** Buona **c.** bene **d.** bene **e.** buone **f.** bene **g.** buona **h.** buoni **i.** buono

11. a. Non c'è un colore più scuro?
b. Non c'è un bar più vicino?
c. Non c'è un albergo più economico?
d. Non c'è una camera più silenziosa / tranquilla?
e. Non c'è un pullover più largo?
f. Non c'è una gonna più lunga?

12. a. accorciare **b.** larga **c.** colore **d.** taglia / misura
e. chiara **f.** allargare

13. vanno – dispiace – sembra – piace – possono

14. a. provarla **b.** cambiarli **c.** accorciarlo **d.** provarle
e. accorciarle **f.** cambiarli **g.** stringerla **h.** cambiarlo

15. a. Come no! **b.** esattamente. **c.** esattamente.
d. Come no! **e.** Certo! **f.** Certo! **g.** Certo!
h. Come no! **i.** Certo!

16. *Orizzontali:* **1.** scarpe **3.** cappello **7.** guanti
8. cappotto **9.** taglia **10.** impermeabile **11.** giacca
12. sciarpa
Verticali: **2.** pullover **3.** calze **4.** pantaloni
5. maniche **6.** gonna **8.** camicia

17. a. v **b.** v **c.** f **d.** v

LEZIONE 6

1. a -g -b -h -c -f -d -e

2. Io sono: andato – arrivato – restato – partito – stato
– tornato – venuto – uscito
Io ho: avuto – capito – conosciuto – fatto – incontrato
– lavorato – parlato – preferito – sentito

3. stai – come – compleanno – compio – grande
– naturalmente – sera – casa – venire – vieni – aspetto

4. a. sono andato/a – ho visitato
b. è andato – ha frequentato
c. hanno comprato – sono andati
d. è stato – ha studiato
e. è restato – ha conosciuto

5. a. Sono andata a Parigi ed ho frequentato un corso di
francese.
b. Sono andato in montagna e sono restato lì per due
settimane.
c. Non sono partita ed ho lavorato in un negozio.
d. Sono stato in campagna ed ho lavorato in giardino.
e. Sono andata a Venezia ed ho incontrato gli ex
compagni di scuola.
f. Sono restato in città ed ho studiato per l'esame.

6. siamo stati – Siamo partiti – siamo restati – abbiamo
prenotato – siamo arrivati – siamo andati – abbiamo
mangiato – Abbiamo visitato – abbiamo visto

7. a. Quando siete partiti?
b. Che cosa avete visto?
c. Dove sei/è stato?
d. Come sono state le vacanze?
e. Che cosa hai/ha visto?
f. Dove avete passato le vacanze?
g. Quando è ritornata Carla?
h. Come sono andate in/a …?

8. a. Ho visitato le chiese più famose.
b. Abbiamo avuto la camera più bella.
c. Ha visto le isole più solitarie.
d. Hanno visitato le città più caratteristiche.
e. Ha frequentato il corso più interessante.
f. Abbiamo fatto il giro più lungo.
g. Hanno trovato la spiaggia più tranquilla.

9. a. Piero ha fatto un viaggio organizzato. È andato a
Roma, ha visitato i musei più famosi, ha visto la
fontana di Trevi ed è salito anche sulla Cupola di
San Pietro.
b. Lisa ha fatto un viaggio in Toscana. Ha abitato in
una fattoria, è andata a cavallo, ha visitato le città
più caratteristiche ed ha fatto anche un corso di
pittura.
c. Io sono andato/a in Puglia, ho visto i trulli di
Alberobello, ho visitato i posti più caratteristici,
sono andato/a al mare ed ho fatto anche un corso
di windsurf.
d. Loro sono stati/e a Venezia. Hanno trovato un
albergo in centro, hanno visto il «Don Giovanni»
alla Fenice, hanno visitato le isole più famose e
sono andati/e anche in gondola.

10. è andato – ho avuto – ho visto – Le è piaciuta;
sei stato – sono andato – hai avuto – ho visto –
mi è piaciuto;
vi è piaciuta;
è stata – sono andata – siamo stati – abbiamo visitato
– vi sono piaciute.

11. a. non ho visto niente
b. non ho mangiato niente
c. non ho fotografato niente
d. non ho comprato niente
e. non ho ordinato niente
f. non ho capito niente
g. non ho fatto niente

12. aprire – bere – chiedere – chiudere – dire – fare –
leggere – mettere – offrire – prendere – rispondere –
scegliere – venire – vedere

13. a. ha preso – ha comprato
b. sono andate – hanno preso
c. abbiamo preso – siamo scesi/e
d. sono rimasto/a – ho guardato – non ho fatto
e. sono andato/a – ho visitato – ho fatto

14. Nel Veneto piove da due giorni.
A Bologna ci sono molte nuvole, ma non piove.
A Roma il tempo cambia continuamente.
In Sicilia il tempo è bello, anche se c'è qualche
nuvola.

15. sono andato – Siamo partiti – abbiamo trovato –
abbiamo deciso – abbiamo visto – Ho parcheggiato –
abbiamo cominciato – è arrivato – è finita – Hanno
cominciato – abbiamo preferito – Abbiamo visto –
abbiamo pensato – ha visto – Siamo entrati –
abbiamo trovato – siamo ritornati – siamo arrivati –
abbiamo fatto

16. **a.** niente **b.** nessuno **c.** niente **d.** nessuno **e.** nessuno **f.** nessuno **g.** niente **h.** nessuno

17. **a.** Da **b.** fa **c.** Fra **d.** fa **e.** da **f.** fra **g.** fa **h.** fra

18. fa – sono – corso – A – è – seconda – ad – una – niente – ho – fatto – stata

19. Senti, / ho due biglietti / per andare a vedere l'Aida / all' Arena.
Quando?
Domani sera.
Ah, / domani?
Sì. / Non puoi?
Veramente avrei un impegno. / Mannaggia. /
Ma forse, / forse potrei rimandarlo …
Ho capito. / Beh, vedi un po', sai, / è un'occasione da non perdere …
Ma sì, / sì. / Va bene.
Oh, / perfetto, / benissimo.

20. 1 – d – 2 – e – 3 – c – 4 – b – 5 – a

21. **a.** f **b.** f **c.** v **d.** f **e.** f

LEZIONE 7

1. Senta, / io vorrei qualche informazione.
Benissimo, / dica pure.
Che possibilità ci sono per andare a Monaco di Baviera?
Come? / In treno / o in aereo?
Quanto costa in aereo?
Mah. / In aereo / ci sono diverse tariffe. / Le più economiche / sono tutte intorno al mezzo milione.
Mezzo milione? / No, / per me è troppo.

2. Che possibilità …
In treno?
No, in aereo. …
Dunque …
È la tariffa …
Sì.

3. **a.** dei – qualche **b.** qualche **c.** degli **d.** qualche **e.** dei **f.** qualche **g.** dei **h.** delle

4. **a.** ci vogliono **b.** ci vuole **c.** ci vuole **d.** ci vuole **e.** ci vogliono **f.** ci vogliono **g.** ci vuole

5. **a.** c'è **b.** ci sono **c.** ci sono **d.** C'è **e.** C'è **f.** ci sono **g.** c'è **h.** ci sono **i.** c'è **j.** Ci sono

6. vuole – Può – c'è – dispiace – ci sono – parto – parte – arriva

7. a – in – in – in – di – di – di – alle – a – alle

8. a – 4 – b – 5 – c – 1 – d – 2 – e – 3 – f

9. **a.** bisogna **b.** ci vuole **c.** ci vuole **d.** ci vuole – ci vogliono **e.** bisogna **f.** ci vuole **g.** bisogna

10. **1.** supplemento **2.** cuccetta **3.** prenotazione **4.** diretto **5.** scompartimento **6.** biglietto **7.** tariffa **8.** seconda **9.** corridoio → *Pendolino*

11. sono stato – Sono andato – Sono partito – sono arrivato – sono restato – sono arrivato – ho partecipato – è finito – sono ritornato – ho passato

sono stata – Sono andata – Sono partita – sono arrivata – sono restata – sono arrivata – ho partecipato – è finito – sono ritornata – ho passato

siamo stati – Siamo andati – Siamo partiti – siamo arrivati – siamo restati – siamo arrivati – abbiamo partecipato – è finito – siamo ritornati – abbiamo passato

siamo state – Siamo andate – Siamo partite – siamo arrivate – siamo restate – siamo arrivate – abbiamo partecipato – è finito – siamo ritornate – abbiamo passato

12. **a.** f **b.** v **c.** f **d.** v

13. **a.** si vendono **b.** si prende **c.** si parlano **d.** si può **e.** si capisce **f.** si guarda – si va **g.** si deve

14. **a.** alcune **b.** Alcuni **c.** qualche **d.** alcune **e.** qualche – alcune **f.** qualche

LEZIONE 8

1. chi – Sono – stai – tu – male – sei – in – in (a) – fare – fra – Fra – comprare – Fra

2. **a.** a – da **b.** a **c.** da – fra **d.** Da – a **e.** fra **f.** a **g.** fra **h.** da **i.** a – da **j.** da

3. **a.** – 3 **b.** – 5 **c.** – 6 **d.** – 1 **e.** – 4 **f.** – 2

4. **a.** Bisogna avere delle monete da 100, 200 o 500 lire, dei gettoni o una carta telefonica.
b. Alla Telecom, nelle tabaccherie e, a volte, nelle edicole e nei bar.
c. Da un'insegna.
d. Perché la Telecom è una società privata.

5. … ci andiamo domani sera.
… ti chiamo un taxi.
… ti do la mia.
… ti telefono stasera.
… corriamo domani mattina.
… giochiamo sabato prossimo.

6. **a.** sta leggendo **b.** sto riparando **c.** sta ascoltando **d.** sta suonando **e.** stiamo preparando **f.** sta facendo **g.** stanno guardando **h.** sto scrivendo **i.** sta parlando **j.** sta prendendo

7. a. sta cucinando **b.** sta facendo jogging **c.** stanno aspettando l'autobus **d.** sta andando in bicicletta **e.** sta riparando la macchina **f.** sta guardando la TV **g.** sta partendo **h.** sta leggendo il giornale **i.** stanno giocando a calcio **j.** stanno ballando

8. Purtroppo – perché – infatti – magari – quando – come

9. si sveglia – Si alza – fa – esce – aspetta – porta – finisce – prende – ritorna – passa – arriva – si fa – guarda – mangia – si mette – va – si addormenta

10. a. – 5 **b.**– 2 **c.** – 7 **d.** – 3 **e.** – 6 **f.** – 1 **g.** – 4

11. a. si chiama **b.** si alzano **c.** si sente **d.** ti addormenti **e.** vi annoiate **f.** Ti fermi **g.** si trova **h.** Ci incontriamo

12. mi trovo – mi riposo – ci vuole – mi alzo – mi metto – sto leggendo – passa – si sveglia – si ferma – sta riparando – andiamo – restiamo – ci godiamo – vediamo – ha telefonato – è arrivato – sta suonando

13. mi sveglio – suona – mi alzo – cerco – si alza – si fa – vado – preparo – vado – mi vesto – si sveglia – esce – è – si chiude – resta – ha – esce – è – si fa – si asciuga – si trucca – si pettina – ascolta – si alza – si arrabia – sono – è – si sbriga – si mette – beve – è

14. a. f **b.** v **c.** f **d.** v **e.** v

LEZIONE 9

1. Buonasera, …
A che nome …
Rossi.
Ecco, …
Grazie, …
Non fa niente …
Ah, bene, …

2. Ristorante
I signori hanno già scelto il primo?
Da bere che cosa prendono?

Trattoria
Per cominciare volete provare l'antipasto della casa?
Di secondo cosa preferite?
Desiderate altro?

Persona sola
Prego, si accomodi!
Per cominciare vuole provare l'antipasto della casa?
(Il signore/la signora) ha già scelto il primo?
Di secondo cosa preferisce?
Da bere che cosa prende?
Desidera altro?

3. sformato, maccheroni, tortellini, rigatoni, linguine, risotto, lasagne, spaghetti, trenette, gnocchi, penne

4. a. benissimo **b.** buonissimi **c.** benissimo **d.** benissimo **e.** buonissime **f.** benissimo **g.** buonissimo **h.** buonissima

5. a. le **b.** lo **c.** le **d.** lo **e.** li **f.** ne **g.** ne **h.** la **i.** ne

6. Possibile soluzione:
Che cosa mi consiglia di primo?
Senta, le lasagne le fate (ci sono) oggi?
Va bene, allora prendo lo sformato, però ne vorrei mezza porzione.

7. a. degli **b.** del **c.** della **d.** delle – dei – degli **e.** dei **f.** delle **g.** del **h.** del – dell'

8. Che cos'è questo pollo al mat<u>to</u>ne? /
<u>Ah</u>, / è buo<u>ni</u>ssimo, signora! / È un pollo cotto al <u>for</u>no, / però in una ciotola di terra<u>co</u>tta. / Prende un sapore molto spe<u>cia</u>le, / particola<u>ri</u>ssimo. / <u>Sì</u>, / <u>sì</u>, / va <u>be</u>ne. / Proviamo questo pollo al mat<u>to</u>ne. /

9. grandissimo – velocissima – ricchissime – lontanissimi – lussuosissimi – bianchissime – elegantissimi – bellissime – elegantissimo – famosissimi – costosissimo – occupatissimo – moltissimo – tardissimo – intensissima

10. tagliarli – farlo – tagliarla – aggiungerla – scolarle – unirle – Servirle

11. la mia giacca, il mio cappotto, i miei guanti; la tua valigia, le tue chiavi; il suo posto, le sue amiche, i suoi amici; la sua bicicletta, il suo accendino, le sue colleghe; il Suo nome, i Suoi parenti; la nostra città, le nostre ferie, i nostri libri; il vostro garage, le vostre borse, i vostri gatti; la loro festa, il loro ufficio, i loro viaggi

12. a. i suoi **b.** il Loro **c.** il Suo **d.** i loro **e.** il suo **f.** il Suo **g.** il suo **h.** i loro

13. suo – loro – il loro – i suoi – la sua – le sue – i suoi – suo – i loro – la loro

14. mia – le nostre – i nostri – i loro – mia – le nostre – i suoi – suoi – sua

15. a. sua **b.** i tuoi **c.** la vostra **d.** i suoi **e.** suo – sua **f.** la Sua **g.** il loro **h.** il suo **i.** Il Suo **j.** i loro

16. a. f **b.** v **c.** f **d.** v

LEZIONE 10

1. a. Ha già incontrato qualcuno?
   b. non abbiamo ancora visto nessuno.
   c. Hanno già conosciuto qualcuno?
   d. … non ho ancora chiamato nessuno.
   e. Hai/ha già invitato qualcuno?
   f. … non abbiamo ancora aiutato nessuno.

2. a. nessuno **b.** qualcuno **c.** Qualcuno **d.** nessuno
e. nessuno **f.** nessuno **g.** qualcuno **h.** nessuno
i. qualcuno/nessuno **j.** qualcuno

3. a. ancora **b.** già **c.** ancora **d.** già **e.** ancora **f.** già

4. Manca la caraffa dell'acqua, la bottiglia del vino, il portapepe.
Mancano tre tovaglioli, due piatti, due coltelli, due cucchiaini, tre forchettine, due cucchiai, due forchette e cinque bicchieri (fra acqua e vino).

5. a. Le ho messe **b.** L'ho preso **c.** L'ho riparata
d. L'ho vista **e.** L'ha scritta **f.** Li ho comprati
g. L'ho parcheggiata **h.** Li abbiamo conosciuti
i. L'ha presa

6. a. hai comprato – Il vino l'ho comprato.
b. ha scritto – Le lettere le ho scritte.
c. hai preparato – La cena l'ho preparata.
d. hai aperto – Le bottiglie le ho aperte.
e. avete apparecchiato – La tavola l'abbiamo apparecchiata.
f. hai riparato – La macchina l'ho riparata.
g. avete fatto – I compiti li abbiamo fatti.

7. a. L'ha già comprato?
b. Le hai già fatte?
c. Non l'hai ancora riparata?
d. Non li avete ancora fatti?
e. L'ha già chiamato?
f. Li avete già conosciuti?
g. Non l'hai ancora letto?
h. Non li hanno ancora fatti?
i. L'hai già comprata?
j. Non l'ha ancora prenotata?

8. a. Ne ho letti
b. Ne ho fatte
c. Ne abbiamo avuti
d. Ne abbiamo visti
e. Ne abbiamo portate
f. Ne ho conosciute
g. Ne ho fatti
h. Ne ha fatti

9. a. v **b.** v **c.** f **d.** v **e.** v

10. <u>Se</u>nti, / ma c'è proprio bisogno che giochiamo a <u>tom</u>bola stasera?
Ma <u>dai</u>! / Il primo dell'<u>an</u>no la tombola ci <u>vuo</u>le! / <u>Dai</u>! / Fai un salto in <u>pae</u>se.
Ma il paese è lon<u>ta</u>no!
Ma <u>dai</u>! / Se ti <u>sbri</u>ghi / ce la fac<u>cia</u>mo / <u>Dai</u>! / Fai in <u>fre</u>tta.
D'ac<u>cor</u>do. / <u>Sen</u>ti / allora, visto che vado in pa<u>e</u>se, / ti occorre qual<u>co</u>sa?
No, <u>nien</u>te / Eh, a<u>spet</u>ta, sì. / Porta un paio di pacchetti di <u>Marl</u>boro / e una scatola di ce<u>ri</u>ni.

11. a. qualcosa **b.** qualcuno **c.** niente **d.** nessuno
e. qualcosa – niente **f.** qualcuno – qualcosa

12. a. … i fuochi d'artificio ci vogliono!
b. … il panettone ci vuole!
c. … le maschere ci vogliono!
d. … le uova ci vogliono!
e. … la torta ci vuole!
f. … le bomboniere ci vogliono!
g. … i confetti ci vogliono!
h. … lo spumante ci vuole!

13. a. Ce la fai **b.** ce la fate **c.** ce la faccio **d.** ce la fa
e. farcela **f.** Ce la fate **g.** farcela

14. faccio un salto – dà una mano – ce la faccio – ci vogliono – bisogna – basta

15. *Orizzontali:* **2.** scaricare **4.** apparecchiare **6.** carte **7.** capitone **8.** dischi **10.** tombola **11.** vino
Verticali: **1.** chitarra **3.** spumante **5.** cotechino **6.** cenone **9.** salto

LEZIONE 11

1. a. Richiedesi massima serietà.
b. Offresi stipendio adeguato.
c. Cercasi segretaria buona conoscenza inglese.
d. Cercansi neodiplomati per lavoro part time.
e. Offronsi buone possibilità di carriera.

2. a. mi sono svegliato/a **b.** si è lavato – è uscito **c.** ci siamo presentati **d.** hanno detto – si sono annoiati **e.** mi sono riposato/a **f.** ti sei alzato/a **g.** avete fatto – Vi siete incontrati – vi siete visti **h.** si è messa – ha preso **i.** si è divertito **j.** si è annoiata

3. mi sono alzato – mi sono vestito – ho preso – sono uscito – ho aspettato – è arrivato – sono andato – Ho lavorato – sono ritornato – ha telefonato – ci siamo incontrati – è finito – abbiamo mangiato

4. a. ho dovuto **b.** ha voluto **c.** ho potuto **d.** ho dovuto
e. ha voluto – ho dovuto **f.** ho potuto

5. Gabriele Salvatores è nato …
Quando ha finito il liceo …
Nel 1972 …
Nel 1982 …
In questi due film …
Ma il film …

6. è nato – si è diplomato – si è iscritto – si è laureato – ha prestato – ha soggiornato – ha migliorato – ha cominciato – si è licenziato

7. Angelo Navetti
Viterbo, 3 aprile 1966
italiana
celibe
assolto
Via Brunetti, 15 – Viterbo

Laurea in Economia e Commercio
inglese ottimo
settembre 1992 – gennaio 1993 a Londra
marzo – dicembre 1993 impiegato presso il reparto
   amministrativo della Speedy Spedizioni di Roma
dal 1994 responsabile dell'uffico contabilità generale
   presso la Felix S.p.A. di Viterbo.

8. a. Quando è nata Gianna Nannini?
   b. Dove ha studiato pianoforte?
   c. Perché si è trasferita a Milano?
   d. Dove ha cominciato a cantare?
   e. Dove è andata nel 1978?
   f. Perché ha deciso di ritornare in Italia?
   g. Per quanto tempo è rimasto nella hit-parade *Puzzle*?
   h. Quante copie ha venduto l'album *Profumo*?
   i. Con chi (quale cantate) ha cantato il leit-motiv dei campionati di calcio del 1990?
   j. Che cosa ha scritto e interpretato dopo?

9. a. so suonare **b.** sa ballare **c.** sappiamo parlare
   d. sa cucinare/preparare/fare **e.** sanno giocare
   f. sapete usare **g.** sai guidare **h.** sa lavorare

10. a. so – posso **b.** posso – so **c.** sa – puoi

11. sono potuta – ho dovuto – sono dovuta – ha voluto –
   ho dovuto – ha voluto – ha voluto – ha dovuto –
   ha potuto – sono dovuta

12. a. Mario non è voluto uscire.
   b. Non ho potuto telefonare a Luigi.
   c. Carlo è dovuto restare a casa con il bambino.
   d. Mario e Aldo hanno dovuto aspettare il treno successivo.
   e. Veramente non sei potuto/a venire?
   f. Franca non è voluta venire con noi.
   g. Laura non ha voluto incontrare Michele.
   h. Sandra non è potuta arrivare prima delle sei.
   i. Non ho potuto dire altro.
   j. Perché non siete voluti venire?

13. a. Lavorando **b.** Abitando **c.** Essendo **d.** Vivendo
   e. Facendo **f.** Pagando

14. Senta un po', /ma … chi Le sembra dei due il più affidabile?
   Mah … il più affidabile / è difficile dirlo … / non lo so.
   E il più dinamico?
   Mah, il più dinamico dei due / certamente è il ragazzo. /
   Cioè questo è chiaro: il ragazzo è più dinamico della ragazza. / Ma insomma, è un pochino difficile decidere.

15. Carlo ha 30 anni.
   Antonio ha 28 anni.
   Dario ha 20 anni.
   Enrico ha 17 anni.

16. a. Le – mi **b.** gli **c.** ci **d.** gli **e.** gli **f.** Ci **g.** gli – gli

17. Mi chiamo – ho – a – scuola – ho – a – lavorare –
   così / perciò – sono iscritta – imparato – fatto – lavoro
   – perché – inoltre – corso – lingue – so – grado

LEZIONE 12

1. Hai <u>v</u>isto? / Hai visto che <u>c</u>asa / si sono comprati
   Maurizio e Va<u>le</u>ria, eh?
   Eh, <u>bel</u>la!
   Bella, <u>sì</u> / Se io penso che adesso torniamo in quel
   <u>bu</u>co di casa / che è la nostra <u>c</u>asa!
   Ah, <u>bu</u>co! / Non esage<u>ra</u>re, / non è un buco.
   <u>No</u>? / Che cos'<u>è</u>?
   É un appartamen<u>ti</u>no / ca<u>ri</u>no / in <u>cen</u>tro.
   É un appartamen<u>ti</u>no/ <u>i</u>no, / <u>i</u>no, / <u>i</u>no. È piccolo, /
   è <u>pic</u>colo, / è <u>pic</u>colo.

2. a. si è giocato **b.** si sono trovati **c.** vi siete bevuti/e
   d. si è fumata **e.** ti sei mangiata **f.** si sono fatti **g.** mi
   sono comprato/a

3. Diminutivi: gattino – stradina – coltellino –
   paesino – cappellino – cappottino – appartamentino –
   biscottino

4. a. una pizza **b.** uno straccio **c.** un mattone
   d. un bidone **e.** una crosta

5. cittadina – oretta – piazzetta – mercatino –
   appartamentino – cameretta – terrazzino

6.

parlerei	prenderei	capirei
parleresti	prenderesti	capiresti
parlerebbe	prenderebbe	capirebbe
parleremmo	prenderemmo	capiremmo
parlereste	prendereste	capireste
parlerebbero	prenderebbero	capirebbero

sarei	avrei
saresti	avresti
sarebbe	avrebbe
saremmo	avremmo
sareste	avreste
sarebbero	avrebbero

7. a. mi aiuteresti **b.** avremmo – dovremmo **c.** potrei –
   ti riposeresti – si divertirebbero **d.** sarebbe – dovrei
   e. piacerebbe – vivrei – mi sentirei **f.** vorrei – rivedrei
   – parlerei – visiterei

8. a. potresti **b.** avrei – potrei **c.** vorrei **d.** andrebbe
   e. direbbe **f.** avrebbe **g.** diresti

9. Tu vuoi vendere la nostra vecchia macchina, e chi la
   comprerebbe?
   Tu vuoi avere un grande giardino, e chi lo curerebbe?
   Tu vuoi prendere un cane, e chi lo porterebbe fuori?
   Tu vuoi comprare una macchina nuova, e chi la
   pagherebbe?

Tu vuoi mandare i bambini in piscina, e chi li accompagnerebbe?
Tu vuoi comprare tutta questa frutta, e chi la mangerebbe?

10. **a.** ci **b.** Ne **c.** ne **d.** ci **e.** ci

11. **a.** meglio **b.** meglio **c.** migliore **d.** migliore
e. meglio **f.** migliore **g.** migliore

12. **1.** scaffale **2.** tappeto **3.** armadio **4.** libreria **5.** sedia
6. poltrona **7.** tavolo **8.** comodino → *carrello*

13. vorresti – potrei – guadagnerei – lo metterei – mi
piacerebbe – vorresti – sarebbe – mi servirebbe –
dovrei – guadagnerei – avrei – mi piacerebbe –
Preferirei – potresti – basterebbero – li troveresti –
lavorerei – Lavoreresti – ti basterebbero – avrei –
Dormirei – spenderei – lavorerei – mi arrangerei –
faresti

14. **a.** superiore **b.** migliori – inferiori **c.** peggiore
d. meglio **e.** maggiore – minore **f.** peggio **g.** migliore
h. peggiore **i.** superiore

15. **a.** Il Caffè Duomo non è caro come il Bar Dante.
b. La macchina di Marco non è veloce come la mia.
c. L'esame di storia non è difficile come quello di
latino.
d. La pensione Luna non è rumorosa come l'albergo
Europa.
e. Margherita non è simpatica come Sonia.
f. Verona non è grande come Milano.
h. Il tuo lavoro non è interessante come il mio.

16. **a.** da cui **b.** con cui/su cui **c.** che **d.** in cui **e.** da cui
f. di cui **g.** che **h.** su cui **i.** che – con cui

LEZIONE 13

1. **a.** e anzi – comunque **b.** e anzi – comunque
c. comunque – e anzi **d.** e anzi – comunque

2. **a.** Arriva **b.** Parti **c.** Telefona **d.** Mangia **e.** Prenota
f. Metti **g.** Parla

3. **a.** comprale **b.** Leggilo **c.** Chiamalo **d.** prendili
e. Provalo **f.** Ascoltalo/Ascoltali **g.** Provala **h.** Guardalo

4. **a.** Sbrigati **b.** sentiti **c.** Riposati **d.** divertiti **e.** Mettiti
f. iscriviti **g.** Sposati

5. **a.** non accenderlo **b.** non disturbarlo **c.** non svegliarli
d. non berlo **e.** non aspettarla **f.** non prenderla
g. non portarlo

6. **a.** – **c.** – **d.** – **g.** – **h.** – **j.**

7. **a.** dallo **b.** darle – dalle **c.** dallo **d.** darla **e.** dalli
f. Danne **g.** Dalle **h.** dalla

8. **a.** sii **b.** Dimmi **c.** vacci **d.** Abbi **e.** fammi **f.** Stacci

9. **a.** Certo, falla pure!
b. Certo, prendilo pure!
c. Certo, aprila pure!
d. Certo, chiudilo pure!
e. Certo, ascoltali pure!
f. Certo, guardale pure!
g. Certo, leggili pure!
h. Certo, fallo pure!

10. **a.** e anzi **b.** comunque **c.** quindi **d.** perché
e. insomma **f.** altrimenti **g.** tanto **h.** quando

11. Ricordati – dimenticarti – fare – pulisci – usa – Sii –
fammi

Il bagno è sporco. Puliscilo!
I letti sono disfatti. Rifalli!
I fiori sono secchi. Innaffiali!
Il salotto è in disordine. Rimettilo in ordine!
Il televisore è acceso. Spegnilo!
I piatti sono sporchi. Lavali!
La macchina è fuori. Mettila in garage!

12. Possibile soluzione:

Comincia a studiare una lingua!
Compra qualcosa di nuovo!
Ascolta della buona musica!
Guarda la TV! / Non guardare la TV!
Parla con qualcuno!
Non rimanere solo!
Va' al cinema!
Esci con gli amici!
Cercati un'altra ragazza!
Non stare chiuso in casa!
Leggi un bel libro!
Non fumare tanto!
Fa' un viaggio!
Non bere per dimenticare! Bevi per dimenticare!
Non prendere dei tranquillanti! / Prendi dei
tranquillanti!
Non pensare troppo a lei!
Non essere triste!
Fa' un po' di sport!

13. **1.** difettosa **2.** formiche **3.** chiavi **4.** yogurt
5. volume **6.** allarme **7.** rubinetto **8.** forno
9. finestra **10.** lavatrice **11.** gettoni

LEZIONE 14

1. chiami – Batta – spedisca – Cerchi – Telefoni – Prenoti
– Fissi – Si informi

2. Guardi, dottore, / che la fotocopiatrice non funziona.
Ancora?
Eh, si è rotta proprio adesso. / Che faccio, / chiamo il
tecnico?

Eh … chiami il <u>tec</u>nico, / però il fatto è che ormai è <u>vec</u>chia / e poi è <u>len</u>ta, / non so se vale la pena di farla riparare ancora una <u>vol</u>ta. / Forse è meglio comprarne una <u>nuo</u>va.

3. **a.** Ormai è buio. Non so se vale la pena di cercare ancora. Forse è meglio continuare domani.
   b. Ormai è ora di cena. Non so se vale la pena di prendere un caffè. Forse è meglio cercare un ristorante.
   c. Ormai è l'alba. Non so se vale la pena di andare a letto. Forse è meglio prendere un caffè.
   d. Ormai sto meglio. Non so se vale la pena di restare a letto. Forse è meglio uscire un po'.
   e. Ormai ho imparato abbastanza. Non so se vale la pena di studiare ancora. Forse è meglio fare due passi.
   f. Ormai hai vinto. Non so se vale la pena di giocare ancora. Forse è meglio smettere.

4. **a.** Le – Le **b.** ti **c.** gli **d.** ti **e.** Le **f.** le **g.** ti **h.** Le **i.** vi **j.** gli – gli

5. la – le – le – gli – gli – lo – le

6. **a.** ti serve **b.** mi serve **c.** mi serve **d.** Le servono **e.** Ci serve **f.** vi serve **g.** le serve **h.** gli serve **i.** gli servono

7. **b.** l'ho accompagnato **c.** li abbiamo incontrati **d.** gli ho mandato **e.** l'ha trovato **f.** gli ho raccomandato **g.** le abbiamo aiutate

8. **a.** Signor Bianchi, porti la macchina dal meccanico, per favore!
   b. Signora Martini, controlli il programma, per favore!
   c. Dottor Vitti, faccia una telefonata alla società A.R.L.A., per favore!
   d. Signorina Dossi, spedisca questo pacco, per favore!
   e. Signor Petrini, metta un annuncio sul giornale, per favore!
   f. Signor Cascio, si metta in contatto con il ministero, per favore!

9. **a.** Chiediamo il conto. Anzi, lo chieda Lei.
   b. Ordiniamo l'archivio. Anzi, lo ordini Lei.
   c. Prenotiamo un tavolo. Anzi, lo prenoti Lei.
   d. Correggiamo la lettera. Anzi, la corregga Lei.
   e. Invitiamo i signori Rossi. Anzi, li inviti Lei.
   f. Controlliamo il bilancio. Anzi, lo controlli Lei.
   g. Chiamiamo il signor De Mauro. Anzi, lo chiami Lei.
   h. Aiutiamo le colleghe. Anzi, le aiuti Lei.

10. Chiami il tecnico, però gli dica di venire subito.
   Scriva subito una lettera, anzi mandi un fax.
   Può chiedere alla collega se è arrivata la lettera?
   Non vale la pena di entrare, ormai il film è cominciato da mezz'ora.
   Puoi venire quando vuoi, tanto sto a casa tutta la sera.
   Le valigie sono pronte: a questo punto possiamo partire.
   Prenota tu i biglietti perché io adesso non ho tempo.

11. La – Le – La – La – Le

12. scusare: Scusa, Scusi, Scusate
   prendere: Prendi, Prenda, Prendete
   sentire: Senti, Senta, Sentite
   spedire: Spedisci, Spedisca, Spedite
   accomodarsi: Accomodati, Si accomodi, Accomodatevi
   riposarsi: Riposati, Si riposi, Riposati
   andare: Va', Vada, Andate
   avere: Abbi, Abbia, Abbiate
   dare: Da', Dia, Date
   dire: Di', Dica, Dite
   essere: Si', Sia, Siate
   fare: Fa', Faccia, Fate
   stare: Sta', Stia, State
   tenere: Tieni, Tenga, Tenete
   venire: Vieni, Venga, Venite

13. sia – abbia – venga – tenga – dia

14. **a.** … venga presto domani!
   b. … tenga Lei le chiavi!
   c. … stia tranquilla, non si preoccupi!
   d. … mi raccomando, vada piano con la moto!
   e. … le chiavi, le dia alla vicina!
   f. … mi dica chi ha telefonato!
   g. … sia gentile, mi faccia un favore!
   h. … abbia pazienza, è un bambino!

15. in – Le (Mi) – li – le – gli – prenoti – metta – con – più

LEZIONE 15

1. essere: ero, eri, era, eravamo, eravate, erano
   andare: andavo, andavi, andava, andavamo, andavate, andavano
   prendere: prendevo, prendevi, prendeva, prendevamo, prendevate, prendevano
   sentire: sentivo, sentivi, sentiva, sentivamo, sentivate, sentivano
   fare: facevo, facevi, faceva, facevamo, facevate, facevano

2. ho saputo – sei stato – sono stato – ho fatto – era – andavo – studiavo – ero – mangiavo – dormivo – andavo – nuotavo – prendevo – giocavo – mangiavo – andavo – ero – andavo

3. si studiava – si era liberi – si mangiava – si dormiva – si andava – si nuotava – si prendeva – si giocava – si mangiava – si andava – si era stanchi – si andava

4. essere al verde – mangiare la foglia – avere un diavolo per capello – avere le mani bucate

5. Possibile soluzione:

   Tommaso: Io ho attraversato l'Italia in motocicletta. La mattina mi svegliavo presto, facevo colazione e poi partivo.

SOLUZIONI

Quando arrivavo in qualche città o paese, visitavo il posto. All'ora di pranzo di solito mangiavo un panino e poi ripartivo. Spesso mi fermavo a fare delle fotografie, poi andavo in qualche altra città e cercavo una pensione. La sera cenavo o poi andavo a letto.

Anna: Io sono stata in montagna. La mattina mi alzavo presto e facevo colazione. Poi prendevo la macchina, arrivavo ai piedi della montagna e cominciavo a salire. Verso mezzogiorno facevo una pausa per il pranzo. Di solito cominciavo a scendere prima di sera e poi ritornavo a casa.

Carla e Lucia: Noi siamo state al mare. La mattina dormivamo fino a tardi, mangiavamo qualcosa e poi andavamo alla spiaggia. Di solito restavamo lì fino alle sei. Poi tornavamo a casa, a volte facevamo un po' di spesa. La sera spesso cenavamo (a casa), ma a volte incontravamo gli amici o andavamo in una discoteca.

Marta e Paolo: Noi siamo stati a Roma. La mattina di solito non ci svegliavamo troppo tardi. Prendevamo un cappuccino in un bar e poi visitavamo i monumenti e i musei. A mezzogiorno a volte mangiavamo in una trattoria e poi nel pomeriggio ritornavamo in albergo e ci riposavamo un po'. La sera uscivamo verso le otto, cenavamo e poi facevamo una passeggiata per il centro.

6. **a.** Ripeteva – era – è partito – è arrivato
b. Andava – dormiva – parlava – ha parlato
c. voleva – aveva – è diventato
d. Amava – Era – c'era – è partito

7. mi svegliavo – facevo – ascoltavo – era – prendeva – andavamo – scendevamo – facevamo – restava – andava – veniva – restava

8. E così hai imparato il fran*ce*se.
Beh, <u>no</u>, / io conoscevo <u>già</u> il francese.
Ah!... Lo parlavi <u>già</u>?
E beh, <u>certo</u>, / perché io ... non lo sa<u>pe</u>vi? /
Io ho studiato il fran*ce*se all'università.
<u>Ah</u>!
Mi sono laure*a*to in francese.
Ah! Non lo sa<u>pe</u>vo proprio.

9. **a.** sapevate **b.** ha conosciuto **c.** è andato – parlava – conosceva **d.** ho saputo **e.** mi sono trasferito – sapevo **f.** hai saputo **g.** conoscevamo – li abbiamo conosciuti **h.** ho saputo

10. mi sono divertita – ho fatto – ho studiato – sono stata – era – era – c'erano – andava – ho mangiato – studiava – finiva – prendevamo – si era/eravamo – c'era – andavamo – andavo – mangiavo – bevevo –

mi sono divertita – ho migliorato – parlavo

11. **a.** giocando **b.** facendo **c.** andando **d.** leggendo **e.** guardando **f.** visitando

12. **a.** di **b.** che **c.** che **d.** della **e.** di **f.** che **g.** che **h.** della **i.** che

13. **a.** due **b.** cognata **c.** tre **d.** nipote **e.** nonna **f.** nuora

14. *Orizzontali:*
2. genero
3. cognato
6. sorella
7. zio
9. cugini
12. figlio
13. madre
14. nipote

Verticali:
1. fratello
4. nuora
5. zia
6. suoceri
8. moglie
10. nonni
11. marito

15. genitori – fratello – sorella – marito – cognato – figlio – nuora – cognata – figli – nipoti – figlia – marito – figlia – nonni – nipote – figlia – genero

16. ... Le mando una foto scattata in occasione del suo battesimo, avvenuto due settimane fa.
Come vede, quel giorno mia madre era molto emozionata anche perché, in quell'occasione, è tornata in Italia mia sorella Rosanna (accanto a lei nella foto) che, come Lei sa, vive negli Stati Uniti e che mia madre non vedeva da più di due anni. Dietro a me ci sono i miei suoceri, i signori Achilli, e accanto a me, con in braccio mia figlia Alessia, mia cognata Daniela e mio fratello Mario che hanno fatto da madrina e da padrino alla nipotina.
Dietro a Don Alfio c'è mio cognato David, marito di Rosanna. Accanto a lui Silvana, figlia di Mario; poi con in braccio Miriam (l'altra mia figlia), Elisabeth, figlia di Rosanna. Dietro di lei Silvia, mia cognata, con in braccio Angela, l'altra figlia di Mario. Andrea, mio marito, purtroppo non si vede perché ha fatto la fotografia ...

17. due bei regali
un bell'armadio
due begli scialli
una bella bambina
una bell'automobile
due belle automobili

18. Guarda che belle scarpe! – Sì, sono veramente belle!
Guarda che bei fiori! – Sì, sono veramente belli!
Guarda che bella bottiglia! – Sì, è veramente bella!
Guarda che begli stivali! – Sì, sono veramente belli!
Guarda che bel vaso! – Sì, è veramente bello!
Guarda che bei bicchieri! – Sì, è veramente belli!
Guarda che begli orecchini! – Sì, sono veramente belli!
Guarda che bei piatti! – Sì, sono veramente belli!
Guarda che bel quadro! – Sì, è veramente bello!
Guarda che bell'orologio! – Sì, è veramente bello!
Guarda che bell'accendino! – Sì, è veramente bello!
Guarda che bella tazza! – Sì, è veramente bella!

Finito di stampare nel mese di aprile 2003
da Guerra guru s.r.l. - Via A. Manna, 25 - 06132 Perugia
Tel. +39 075 5289090 - Fax +39 075 5288244
E-mail: geinfo@guerra-edizioni.com